U0019214

放下成見，超越藩籬，讓不同文化的人從「心」連結

世界末日時
有空喝杯咖啡嗎？

何則文

旅人

歲月刻劃了她憔悴的雙手
在那街角我們這樣相遇

「阿婆你好嗎？」
她聽不懂男孩來自異國的問候
好奇的上下打量著
這位海那邊過來的人

「這個送你」
年輕人送了她一張明信片
比手畫腳的
努力地介紹自己的家鄉

身邊堆滿著所有的家當
她或許心裡想著
眞是奇妙的人啊

就像那熾熱的太陽
一樣熱情

東埔寨 暹粒　Cambodia Siem Reap

緬甸 仰光　Myanmar Yangon

菩提樹下

太痛苦了阿
那樣側跪著
對腰真的很不好呢

不過也只能忍耐了

雖然師父說的
一句都聽不懂
但是只要忍過去
我就能成爲一位比丘

或許
那時候也能找到解脫之道
就能得到眞正的圓滿吧!

這樣想想
突然
腰不痛了

原來
整個下半身都麻掉了

掃地僧

看到
住在寺廟裡的
小沙彌

想想
如果道場就是他的家

那掃地的他
是不是也在

WFH 呢?

老闆則是九天之外的
佛祖

阿彌陀佛!

柬埔寨 金邊　Cambodia Phnom Penh

快樂的人

豪宅旁的
違建大雜院裡面
太陽好大
曬到頭都要炸裂了

好多小朋友光著身體亂跑
這就是傳說中的
貧民窟嗎？

木頭隨便搭建的木寮
最政治正確的反應
應該是同情吧
然後感嘆自己的幸福

棚子中
一家人快樂的聊著天
分享著食物
微笑著面對旅人

或許
其實愛腦補的人才不幸福吧

新衣服

看我美麗的衣服
這是媽媽新買的

我一個俐落的轉身
手起刀落
Top Model 就是我

你懂得

整個城市
都是我的
伸展台

寮國　龍坡邦　Constitution of Laos　Luang Prabang

寮國　萬榮（旺陽）　Constitution of Laos Vang Vieng

幫幫這外國人

有位外國哥哥
手拿著地圖
跑進我們學校

看他一臉迷惑樣子
應該是迷路了
這可怎麼辦

沒關係
春日部防衛部要出任務了
一手拿過哥哥的地圖
讓我們來找找
我們在地圖的哪裡

找著找著
才發現
那是張商品優惠券

洋人

來東南亞就是要
租臺車去叢林冒險

我們一起去瀑布吧！
一路奔馳在泥濘的石子路上

啊
拋錨了
車子

這樣的荒郊野外
怎辦才好呢？

沒事兒
正好來的危機
證明我們已經在冒險了

這不就是
咱來這的目的
嗎？

寮國　Constitution of Laos

高 腳 屋

我跟你說
很多外國年輕人
跑來我們這裡
說要當志工
幫忙蓋房子

其實
難道我們不會蓋房子嗎
反而是他們
他們根本不懂啥蓋房子

這些人
只是來參加一個夏令營罷了

還好
主辦單位也有給我們一些
招待費用
也算是不錯的商業合作啦

中國 河北　People's Republic of China Hebei

天子腳下

秋天
我在中國北方
當一名遠鄉的過客
就只有那個秋天而已

剛認識的朋友告訴我：
「秋天棒子熟了，
很多農民工要回老家去秋收了。
我老家也是農村的。」

那是我第一次聽到棒子這個詞
原來玉米
就是撐起一家一家家計的棒子

在出租車上
「畢竟天子腳下，
王京近畿，
風水還是好的。」
師傅在我問起霧霾
這樣告訴我這個異鄉人

那是一個小城
在河北
這個秋天
我第一次這樣的
想起了我自己的老家

無論在何方
大家也都很努力的活著吧

祭典

風鈴的叮噹聲
微風吹來的夏夜

累得受傷也沒關係
因為夏天開始了

就像電影的分鏡一樣
那唯美的畫面
那主角是誰呢

就是你吧
你才是真正的犯人
躲在小五郎身後
柯南用變聲器
這樣說道

日本 奈良　Japan Nara

包子

揉一揉麵團
就這樣做成包子了呢
眞是個厲害的東西

吃一波

呵呵

中國　河北　People's Republic of China Hebei

河內

你知道嗎？
河內有兩千多年的歷史

有個古代國家
叫做南越國
他的領土
涵蓋了今天的廣東廣西
還有越南北部呢

所以越南人常常認為
廣東廣西
是失去的領土

真的
很有趣呢！

越南 河內 Vietnam Hanoi

世界末日時，有空喝杯咖啡嗎？

若你畢業自醫學系，某個週末你到婚宴會館參加朋友喜宴，負責帶位，穿著得體，連頭髮都有型的年輕帥哥老練的引導你入座，接下來會有兩種情形：一種是跟你同桌的都是同行，你們可能會花一頓飯的時間互吐苦水；另一種狀況是整桌只有你一位醫師，當鄰座得知你是醫師後，有九成的機會接著會問：「你是哪一科的？」如果你是五官科醫師，可能很多人會大方地把他的耳朵、眼睛湊過來，甚至張開喉嚨，問你他有沒有扁桃腺結石？

這個社會似乎很習慣用科別來歸類眼前撞見的醫師，似乎若能把眼前這個人放進他心中熟悉的座標，可以帶來一股強烈的安心感，甚至還會當場要你掃碼加LINE，還會撒嬌說：「之後有不舒服可不可以賴你，醫生人都很好喔？」然後隔天開始早安圖傳個沒完。

回到作者。本書作者何則文，畢業自中興大學歷史系。

請問一下，如果你去喝喜酒，就那麼剛好，則文這位陌生人坐你隔壁，在你提問下，他報上校系了，下一句，你會說什麼？

我猜不少人會問：「你是老師嗎？」、「你教國中還是教高中歷史？」，更失禮的人，就會問：「現在不是流浪教師滿街跑嗎？」、「你念那個，一個月可以賺多少錢？」

以上段落，我想說的是：一個人對世界理解的有多狹隘，他就會問

出與其狹隘成正比的不恰當問題。

　　一個人的世界觀若寬廣，他懂得尊重對方，拿捏提問恰到好處，也懂得適時豎起耳朵，讓對方娓娓道出精采。

　　如果我在喜宴場合初識則文，我會跟他聊一位我的忘年之交，亦是他的大學學長，李敏勇先生。

　　如果你查詢詩人李敏勇的生平，會有這麼一段：「在高屏地區成長，短期居留臺中」，後面那句話意思是指他曾就讀中興大學歷史系，最近他完成《夢二途》一書，這是一本「雙線描繪同一時代下惺惺相惜的李登輝、彭明敏，以真實的事與物，加上想像出的情、境，描繪出歷史的小說」。

　　則文對多種語言懷抱強烈好奇心，我亦然。常有朋友請我推薦臺語有聲教材，我非常推薦李敏勇老師的作品：《一個臺灣詩人的心聲告白》，那是一張他親自朗誦多首精采詩作的CD。

　　如果則文還想聽我講，我會繼續介紹我另外一位畢業自中興大學歷史系的朋友：角政治。

　　你沒看錯，他真的姓角，角頭的角，他的名字就是很多人不喜歡談但又無法置身事外的：「政治」兩字。

　　念高中時，他有豐富的社團經驗，念大學時，挺身而出擔任學生會長。他對人的住屋需求格外敏感，同年齡的人在盤算租屋好還是買屋好，他已經躍了好幾級，挑戰扮演供給方的角色。不到三十歲他成立公司，標下土地地上權（因此取得土地的成本降低許多），他的理想是要蓋出：「年輕人買得起的房子」。

　　相較於一般臺灣人，則文還有豐沛的東南亞閱歷（包括個人壯遊經驗跟在企業擔任要職）。

東南亞有不少移工在臺灣發展，我們臺灣人現在跟將來也有大把機會在東南亞一展拳腳。東南亞移工在臺灣，東南亞外配子女在臺灣，相較日本人在臺灣，日籍配偶的子女在臺灣，我想請問，臺灣人對待他們的態度會是一樣的嗎？關於這點，則文在書中既精準觀察也溫情提醒。

則文寫自己展露赤誠真摯，寫他人則可見其俠骨柔情，猶如知名但已成絕響的專欄《人間異語》。譬如書中某位主角，去越南發展事業，竟意外成了保存越南奏摺跟契約的要角。要我說，是這些奏章跟契約找上他，不是他找到這些文物。

錢堆疊不出一個人的意義。但選擇把錢做出什麼事，可以堆疊出人的意義。

這輩子，不要也不該用科別、校系去囿限自己的發展跟對他者的想像。若你不解或不認同這句話，則文會用一本書的時間，有理亦有禮地說服你。

世界末日時，有空喝杯咖啡嗎？

推薦序

讀著讀著，就懂了；
笑著笑著，就哭了

　　四年前我開始在網路上追何則文的文章，如同他在自序中描述的「筆調很輕，故事卻很深刻」。這些冒險旅程與人物專訪，一篇比一篇傳奇。故事中含有豐富的知識量，卻又冷不防地打醒你：這就是你心裡根深蒂固的偏見。

　　書中最撼動人心的篇章是「輯一·冒險」中的〈戰南北〉。何則文娓娓道來越南胡志明市與河內人的彼此偏見，但這篇文實與「輯三·發覺」中的〈防火防盜防河南〉遙相呼應。「防」文從大陸歧視河南人的順口溜談起，例如「十個河南九個騙，總部設在駐馬店」，還有深圳警方的宣傳標語「堅決打擊河南籍敲詐勒索團伙」，來談被「黑到不行」的河南人。然後何則文話鋒一轉，談到「相互歧視」是中華民族「悠久傳統」。

　　何則文提到臺灣早期有「泉漳械鬥」、「閩粵械鬥」等分類對立，還提到宋朝時出身北方的名相寇準就說過：「南方下國，不宜多冠士」，以及王安石變法時支持的同僚幾乎都是南方出身，而反對的保守派清一色是北方人。甚至連乾隆都曾經說過：「我覺得你很值得信賴，不像江浙人。」這些史實都來自何則文深厚的歷史素養。加上他闖南走北的實際經驗，他發現：「除了特定省分的刻板印象之外，各省之間的互相歧視也不遑多讓。許多省也會用本省外省來劃分你我，也就是集體歧視

外地人：不用說大家都知道的北京上海……在福建的閩南人也會稱呼不講閩南話的漢人爲『阿北仔』，跟臺灣人所說的『阿陸仔』有異曲同工之妙。」

讀到這裡，大家有沒有發現到，何則文費了這一番功夫，其實是爲了將我們帶回到今日的臺灣，我們不是正傳承著中華民族悠久的「相互歧視」傳統，在選舉時，動不動就被政客利用我們文化中的劣根性撕裂彼此。

〈戰南北〉的文末，何則文用一個巧妙的對話，讓讀者理解，我們常常陷入一個盲點、一種對自我的執著，最後爲了捍衛自己幻想出來的「唯一眞理」，因而傷害他人：

我被指派到北寧一個廠區，那是一個在河內旁邊的省。我告訴成伯伯這件事情。「唉唷！你不會回西貢啊？我跟你說啊！北方人啊……」成伯伯話正說到一半。

「北方人都很可愛啊！我超喜歡！」我打斷了他。

「蛤？爲什麼？」

「因爲我最喜歡越南人，不管天上天下東南地北。」

然後，我們一起哈哈笑了起來。

何則文就是這麼有學養又有智慧的可愛的人，總把有趣的故事藏在引人入勝的文章中，讓人讀著讀著，就懂了；笑著笑著，就哭了。

這本新書太好看了，這篇短序只能見其一斑。如果你想知道何則文如何在緬甸通過考驗出家，但另一位從韓國來的青年，卻必須待一個多月方可剃度的故事；或是臺灣人講日文，爲何是九州腔的由來，你一定要翻開這本既給你浪漫故事，又給你滿滿知識與愛的好書！

20歲的你對世界的想法是什麼？這次，何則文以回望年輕從舒適圈啓程，在東南亞懷抱希望、認眞冒險，無所畏懼的青春紀事。 如果，這本書是則文燦爛時光的永恆告白，我想更是鼓勵我們大步向前的彷彿若有光。

—— 宋怡慧（丹鳳高中圖書館主任、作家）

從四海爲家到終於回家，則文選在此刻把青春故事集結成冊，彷彿替二十年華寫下註腳。 成長是趙不可逆的旅程，我們或許不再天眞無畏，但永遠可以換個方式繼續冒險，並感激所有昨日旅途上的風景，都成就了今日穩健的步履 —— 如同何則文一樣。

—— 林欣蘋（換日線頻道副總監暨內容主編）

則文近幾年來談個人品牌、談新時代的職涯選擇，這本書讓我看到他的初心。 一個在東南亞旅行，尋找自我，探索世界的則文，他是一種回歸，在大疫年代重新思考自我的追尋之旅。

—— 胡川安（中央大學中文系教授）

說起東南亞的經濟前景，大家都有興趣，但說起對東南亞的偏見，更是多不勝數。何則文帶著人文的溫情前進東協諸國，帶我們看見遠方的光影。

　　　　　　　　　　　　　　　　　　　　—— 謝金魚（歷史作家）

今天問道我這個人的關鍵字會有幾個，像是「個人品牌」、「雇主品牌」、「青年職涯創新」以及「組織文化塑造」，然而其實在早期，大概五六年前，大家想到何則文這個人，會跟東南亞連結在一起。當時的我對東南亞很有興趣，在念書時就立定志向想要前往東南亞發展，也寫了很多故事。

2016年一次去一場東南亞的活動，我跟在場的前輩介紹我是何則文，記得他驚呼到：「你就是何則文？我看過你的文章，我一直以爲你是一位老教授。」那時候因爲對東南亞的興趣，我寫過很多相關的文章，也在新加坡的報紙《聯合早報》發表過評論政經局勢的社論。

幾年前我的第一本書《青年寫給青年的東協工作筆記》談的是怎樣在東南亞工作生活，後來又出過另一本《用地圖看懂東南亞經濟》，比較偏向政治經濟。因爲東南亞有十個國家，複雜程度很高，這兩本書都是跟一群夥伴一起寫的。

現在這本書，則又是我一次突破，它是一段筆調很輕，故事卻很深刻的冒險旅程。而這本書從不在我的預期內，它就像一本遲到五年的書，裡面有我從2015年到2019年外派時期中隨意寫下的各種故事，有我親身經歷的，也有詢問許多長輩朋友得到的生命史，還有我吃飽沒

事幹去想很多歷史上的為什麼找到的冷知識。

2021年5月，疫情衝擊臺灣，一次臉書跳出我幾年前經歷，讓我開始回顧這段歷程。那段青春年少的勇敢，給了現在已經有房貸負擔跟公司營運壓力的我一個撫慰，原來我曾經那樣無所畏懼，曾經那樣的大膽。在這段跟過去自己對話的過程中，我才發現，原來穿越時空的自我對話，是那樣的有力量，重新讓我找到方向。

令人意外的是，這樣的回顧不只給了我勇氣，也讓我的第六本書誕生。真的也很謝謝時報文化的潔欣，這本書可以說是因為有她的挖掘才能誕生。當我們熱烈的討論可以有怎樣的合作時，她告訴我：「則文，其實我更喜歡你早期的文字，很真摯動人，不如把這些內容集結出書吧！」

一開始，我也覺得都過好幾年的東西，集結出來有人看嗎？但當我在整理的過程中，我才發現因為歲月的洗鍊，我們都可能會忘記自己曾經的單純。現在的我總是忙於工作的事情，不斷地受邀講課，不斷的思考商業策略，雖然好像擁有年輕時夢想的一切，卻也因為這樣失去了些什麼。

隨著這本書的編輯不斷推進，我對這本意外誕生的書也更有感情。不像過去我的許多書籍都是規劃骨架方向，有明確出書目標，一步步填出肉完成的。這本書最忠實的呈現了當時年少輕狂的我，每個故事都是旅程中的省思，每個文字都是寫給自己的情書。

現在，我也把這本書獻給你，或許你也因為疫情遇到人生的一些挑戰，但不要害怕。人生每個階段，不論是多麼困難或艱辛，都將成為我們的墊腳石，讓我們躍進到下一個階段，成為更好的自己。

就算世界要末日，也會有我來陪你喝杯咖啡！

目 次

1／冒 險　　接納差異，才是真的國際觀

2／交 流　　每個人都是一本書，值得細細閱讀

3／發覺　用人文的角度看歷史，有不一樣的視野

1
冒
險

接納差異，才是眞的國際觀

世界末日時，有空喝杯咖啡嗎？

　　2021年5月底，我的臉書跳出通知 ——「5年前的今天」我在寮國的故事。那時我剛結束在越南華碩的實習，遊歷中南半島各國，那100天是影響我人生很大的一個關鍵。不過在寮國的時候我差點死了。

　　當時我在還算偏僻的寮國古都龍坡邦，一個人旅行，華人旅行者不多，青旅多半是歐美青年。

　　我在青旅認識了一位阿根廷韓裔青年里昂多，分享著彼此國家的故事。他的手機在印度丟了，所以過著沒有手機旅行的日子。我就是看他在青旅大廳看書，好奇跟他搭話認識的。

　　隔天我們一起去關西瀑布，那裡是一個祕境，其實是禁止進入的，因為每年都有人溺死。但到了現場還是有一堆白人青年，穿著比基尼跟海灘褲戲水。

　　我在那裡認識了很多不同的人。印象最深的是一位雲南基諾族的付大哥，基諾族是中國人數最少的少數民族，只有兩萬人，生活在基諾山上。

　　他跟我分享他的家鄉，叫我有機會一定要去雙西版納看看。

　　後來又認識了兩位來自盧森堡的姑娘朱莉跟貝拉。她們才18、19歲，那時候我26了。她們知道我26很驚訝，因為對白人來說，我看起

來就像個青少年。

所以後來他們一直叫我babyface。

雖然那時候要翻山越嶺，可是喜歡攝影的我還是帶著我的相機，結果返程的時候，突然下起大雨。

我把相機包在雨衣裡面，一心想要趕緊下山，不然我那時全身最貴的資產就泡湯了。就這樣穿著夾腳拖飛奔在山間，簡直以為自己是賽德克巴萊。

然後我就一個大意，腳一滑直接失足摔下山。我永遠記得那個片段，泥濘的山坡。

／人生到底是為了什麼呢？

我就好像卡通演的一樣，不斷360度的翻滾，停都停不下來。那個瞬間時間變得超慢，好像電影慢速播放一樣，每個翻滾都在我記憶中留下鮮明畫面。瞬間人生跑馬燈都出來了。

看到很多從小到大的片段，心裡還想著，想不到人生要在這個人煙罕至的偏僻地方就沒了嗎？突然，一個超大的樹根，好像一隻手一樣，擋住了我滾下山的路徑。把我接了起來。

我就撞上去停了下來。

那個陡坡應該只有30度吧。還以為應該會受什麼傷，最後竟然只有左手有一個兩公分小傷口，那個疤今天都還在。

想起那段在東南亞的冒險，今天也覺得不可思議。

背著包包拿著相機，完全沒有規畫就到處跑，遇到當地人在雞同鴨講問路，認識了很多來自不同國家的人們。

那時候我啥也沒有，剛結束經濟部國企班的學業。沒啥存款、沒有房子、90天旅程只花4萬。旅行的時候，臺灣戶頭裡面只剩下幾千塊。連旅費都是借的。

住在有蟲子、沒冷氣，一天100多臺幣的青旅，但我卻很開心，沒有啥憂慮的。因爲我很期待人生接下來的旅程，我相信結束這段旅程有機會找到一個好工作，人生會不一樣。

才短短5年，的確我的人生變得很不一樣，出了幾本書、買了房子，從大集團到新創，又自己開了一家小公司。

當2021年5月12日說萬華有本土確診案例時，我的心都涼掉一半了。一個月有十幾二十場演講、課程的我，突如其來的疫情的確是個衝擊。

5月13日以後我都沒有出門，當天用幾千塊買了一堆食材後，我就躲在家裡兩週，一步都沒出過家門。學會了自己煮飯，沒事看看書。

也一直在思考我從小就在想的問題：「人生到底是爲了什麼呢？」

我想起我在東南亞的經歷了，那時候我什麼都沒有，同一件吊嘎穿一個月，到處冒險，啥也不怕。期待著未來會很美好。

現在我好像有了年輕的時候追求的東西，但反而開始會擔憂害怕了。面對衝擊，家人怎麼辦？公司怎麼辦？房貸怎麼辦？

也怕家人朋友生病，也怕自己確診。但回頭看短短幾年前，怎麼自己好像變了個人一樣，曾經天不怕地不怕，現在卻擔心東擔心西的。

啊，大概是因爲那時候一無所有吧，只有命一條，沒有背景、沒有資源，只有一個對未來的期待。

而當我們擁有了，就發現，開始害怕失去，害怕失去積累的財富，害怕失去經營已久的名聲與地位，害怕失去已經習慣的小康生活。

有幾天我一直在讀《聖經》，裡面〈傳道書〉讓我特別有感觸。人怎麼來的，也會怎麼走，我們光溜溜的降生於世，離去的時候也歸於塵土，所以其實我們真的不曾擁有過什麼。

這樣一直思索，好像也沒啥好怕的了。最慘會怎樣呢？好像也不會怎樣，了不起收一收，物件「款款耶」，回家吃自己。

就算遇到最誇張的情況，什麼世界大戰爆發好了，大不了把房子賣了，健康的活著就好，活著就是勝利。

反正也不是沒窮過，想想，頓時好像愁雲慘霧都煙消雲散了。

／一切都是最好的安排

躲起來的這兩週，發現擔心害怕也是過一天，期待盼望也是一天。那還是別折騰自己了。

假設運氣好最後順境讓我成功，那很棒，抱著感謝面對。那運氣不好，失去一切，說實話也不會怎樣，過幾年還能當故事寫個逆轉勝勵志書？！

想想至少自己還身體健康，至少沒有遇到戰爭，火箭不會射到在家看電視的我。就算不幸生病，還是遇到動亂，至少還活著，總有個值得慶幸的事情。

假設遇到什麼倒楣事情，突然確診重症離開人世，想想我這一生也過得滿精采的，遇過很多有趣的人跟事情，反而因為自己目前有的這些感到感謝。

既然擔心也是一天，期待盼望也是一天，那還是選擇期待吧。就算發展不如意，不如預期，那也沒啥，反正不管得時不得時，日子也是

過下去。

　　開心的時候有的，難過的時候有的；悲痛的時候有的，歡欣的時候也有的，不管怎樣，事情都會越來越好吧。

　　只要開始選擇相信，所有的一切都是最好的安排。

　　那來給自己一個目標好了，要讓滿懷期待的自己，成為一個習慣。希望就算到我60歲，也一直保持著那個20幾歲的樣子。無所有，無所畏懼，對未來只有滿懷期待的自己。

　　而這本書，就是記錄著那段青春歲月，給自己的一段永恆告白。

世界末日時，有空喝杯咖啡嗎？

　　希望有一天，會有另一個人這樣告訴他的朋友：「曾經有個臺灣來的少年，送了我一張明信片，讓我有機會開始認識那美麗的小島……。」

　　我第一次去東南亞，是去清邁當背包客，那時我24歲。

　　放了假就買了廉價機票、背了包包就飛過去，那是我第二次自己跑出去。這趟旅程讓我印象最深的不是泰國富麗堂皇的佛寺，而是兩位廣東的女孩。

　　雖然我是個樂觀開朗的人，但是第一次到清邁，又一個人，加上不像日本有漢字可以通，泰國美麗典雅的文字就像天書一樣。所以這趟旅程一開始我都戒慎恐懼，深怕一個人在國外出什麼差錯。

　　一天晚上決定好要去素貼寺看看，隔天坐著嘟嘟車就去了，到了動物園以後還要轉到山上的車。車上有很多外國人，來自中國、韓國跟西方臉孔的。我發現有兩位年輕的中國女孩，她們在車上聊得很開心，長得滿漂亮，但我也不敢搭訕。

　　在素貼寺逛了一圈以後，我也不知道要做什麼，就在旁邊樹下看著幾乎都是中國遊客的素貼寺。看到有位爸爸開始敲寺廟圍牆前的編鐘，重點是編鐘前面就有用中文寫「請勿敲打」，心裡覺得可惜，不過也見怪不怪。

突然看到那兩位女孩也在瀏覽寺廟，看她們好像在找什麼。走到了我面前，用英文問我：「你知道廁所在哪嗎？」「那邊左轉就是了。」我直接用中文回她們，她們驚訝一下，問我：「你也是中國人啊。」「阿……我是臺灣來的。」我尷尬地回她們，這簡短的對話就結束了。那時候，我也是很害羞地不大敢跟陌生人攀談。

　　準備好時間，下去要坐回程的車，又遇到那兩位女孩。「真有緣啊！」其中一位這樣跟我說。我回一聲「嗯」，就在車上坐著。在車上，她們就坐在我對面。司機還在等其他乘客，車上就我們三個人。我故意把視線撇到其他地方，覺得有點尷尬。「你也是學生嗎？」我又回一聲「是」，就低下頭。想不到她們開啓了話匣子，問我去過哪裡？要待幾天？

　　「你只待4天啊？可惜啊，我們也是放假出來，會玩個10天吧。你知道我們在城區吃了什麼什麼……。」突然我覺得她們人真熱情，還大方跟我推薦很多地方可以去看看，「我姑姑也嫁到臺灣，她有一次做臺灣料理給我們吃，滿不錯的，」她們娓娓開始跟我說著很多故事。

　　她們兩位都是廣州人，高中同學，大學讀不同學校，趁放假一起出來玩。「我以爲廣州人講話都有廣東腔，你們講話字正腔圓呢。」我問了這句滿無厘頭的話。「我才以爲臺灣人不會講普通話呢，」一位女孩開玩笑地回我，另位女孩答腔：「我們有廣東腔啊，我在河南念書，攤販一聽我聲音就知道我廣東來的。」講完大家相視而笑。

　　在途中，車上有一位來參拜的泰國婆婆也要下山，兩位女孩看到一些路邊的東西，就問婆婆那是什麼，我心裡一開始還暗笑她們的迂，語言不通，大概也談不上啥吧。想不到比手畫腳下，婆婆也能知道她們在問問題，也比手畫腳地回應她們。我看得瞠目結舌，接著婆婆還

教她們講些泰國話，雙手合十說「口坤卡」，意思是謝謝。只見一位女孩拿出筆記本記錄婆婆說的。她們語言不通也談了十幾分鐘，婆婆因爲這兩位外國旅行的少女，笑得很燦爛。

要下車了，我準備下去，他們要到更後面的站。其中一位女孩從包包拿出張明信片，「來，這送你，這是我們學校的明信片，有機會也可以來大陸看看。」拿到這張明信片的當下，好像被電流電到一樣。這兩位女孩人也太好，我當時太害羞不敢留聯絡資料，但是那個當下，我對中國的印象整個都改變了。

／旅程中最美的風景

原來大陸也有這麼有文化、這麼熱情的人，這兩位大學女孩（我當時連名字都不敢問），就只是在車上跟我分享些故事，送我一張明信片，跟婆婆說話，她們不只傳遞正能量，讓我這趟小心翼翼的旅程看到「最美的風景」，也完全改變我對中國大陸的看法，我心裡想，這眞是國民外交的好典範。

回國以後我開始想，下次旅行，我也要把臺灣帶出去，讓世界透過我這個好青年看到臺灣的好。因爲我自己很喜歡攝影，我就選了幾張我在臺灣一些景點拍攝的作品，做成明信片。從那之後，我只要在國外，就嘗試著跟每一位所遇到的人交談，聽他們講故事，也跟他們分享臺灣這可愛的小島。

之後我到胡志明考察，準備了幾百張自己做的明信片，學一些越南話，上了計程車就告訴司機：「我是臺灣人。」很多司機沒回我，只是點頭，一開始滿氣餒的，看來只有臺灣的司機眞的很熱情很愛聊天。

但當後來下車時，我送司機我做的臺灣明信片，他很驚訝，板起的臉露出微笑，對我點頭示意謝謝我。

有一次我們一行到按摩店，躺下來準備腳底按摩，我就用我很破的越語告訴按摩小妹：「我是臺灣來的。」按摩小妹大概被我怪腔怪調的越語逗得很開心，跟她的同事笑得很燦爛。她們試著跟我用越語聊天，問我幾歲，有沒有結婚。其實大部分我都聽不懂，只能跟她們比手畫腳亂講，不知道是不是我長得太好笑，看我回應後她們常常大笑不已。

後來其中一位年輕師傅在幫我同學按摩的同時，就跟我說他旁邊的同事問我要不要娶她。其實他們講的話我通通聽不懂，但是牽起我的手，跟他女同事的手放在一起。然後比出結婚戒指的樣子要給我們戴上，我就懂他的意思。女同事指著我，摸了摸自己臉，然後比出讚的手勢，原來，她說我很帥。

其實他們一開始也不知道臺灣在哪，一直問我是不是中國人。我拿出手機，點開Google地圖，指臺灣給他們看，我告訴他們，我們講中文，但是跟中國又有很複雜的關係。他們似懂非懂的點點頭，然後又笑了出來。最後我送給他們臺灣的明信片，每個人都很高興的跟我致謝。原來，**造成隔閡的從來不是語言跟文化，而是自己心中的偏見跟歧視，放下成見，就能超越一切的藩籬，讓不同文化的人有了「心」的連結**。

就這樣，沿路我們遇到所有人，不管在餐廳吃飯，還是跟路邊菸販買菸，我都會跟服務生、賣菸的阿婆，先用越南話說，「你好，我叫小樹，我們是從臺灣來的」。試著聽他們的生命故事，跟他們分享臺灣這塊寶島的趣聞。途中也遇到很多有趣的事情，例如姐姐嫁給臺灣人的

華人皮條客，在胡志明讀書的大學生⋯⋯不分身分階級，他們都跟我們分享一些事情，讓我們更認識越南這片土地，而不只是過客走馬看花，只留下腳印。

／旅行把臺灣帶出去

其中遇到幾個大叔，這樣搭訕聊完後，甚至給我他們的電話，告訴我他們住哪，有機會再來胡志明可以找他們。因為這樣，這趟旅程我們遇到數百個人，聽到很多不同的故事，認識很多不同的朋友。

有一次在西貢廣場買完衣服時，結帳以後我送給店裡阿姨一張臺灣明信片，她很高興的拿給左右攤販看，說這是臺灣。好幾個人就這樣圍在她的旁邊，開始談起臺灣。有人說，我有親戚去臺灣了，那裡滿不錯的，人都像小哥一樣友善。突然，我心中有種自豪感，以身為臺灣人為榮。

到旅程最後，我的明信片都發完了。兩百多張，有許多人從完全沒聽過臺灣，到認識這可愛的小島，而我也透過這樣亂搭訕攀談，更真正認識越南這個國家。一個簡單問候，一張薄薄的印刷品，就能牽起兩個不同國家的橋樑，更加認識彼此。

旅行，不只可以充實自己的生命內涵，不只能帶著滿滿的回憶回國，更有機會把我們深愛的寶島臺灣一起帶出去，用真誠劃破語言文化的隔閡，建立起橋樑。

世界末日時，有空喝杯咖啡嗎？

　　幾年前帶團考察越南一週，原本想快樂回國，結果一個杜鵑颱風來鬧，班機被取消。加上越捷這個有趣的廉價航空，不加派班機，只能自己排其他班次，最近的班機在週日，等於我們要在越南多耗一週，最後受不了，只好直接找其他廉航到新加坡轉機回臺，多了一天的新加坡意外旅程。

　　走在霧氣環繞的新加坡，整齊的街道跟聳天的大樓讓這個城市很夢幻，好像在做夢一樣不真實。我們問了路上的行人，這大霧是怎麼來的，一位婦人告訴我們，這是印尼森林大火造成的霾害。

　　我們到了中國城牛車水，這裡很像臺灣，走進熱鬧的巷弄，我腦中浮現的是羅東夜市。這裡跟印象中的新加坡完全不一樣，一個很華人的地方。拐了個彎，到了廣場，完全就是龍山寺前呀，我心裡這樣忖度著。沒有什麼外國人，廣場聚集許多老人在下棋。

　　我們觀察幾位老人下棋，他們用閩南語交談著，那種棋是完全沒看過的種類，有點像跳棋，他們說這叫Zum，從馬來西亞傳來的。我看到一位小販騎腳踏車賣晚報，用閩南語叫賣，我用臺語跟他買了一份，他的腔調就好像鹿港人一樣，他直接說我是臺灣人吧。原來，這裡的年輕人大多不會講閩南話。

我看到這裡的老人全部都講閩南語，覺得很有趣。我們搭訕一群正在聊天的老人，他們很熱情的回應我們，如果不講，很難分辨出來他們外表跟口音跟臺灣人的差別。

我問他們新加坡選舉的事情，其中一位老人說，他們不懂政治，反正那是政府的事情。他很好奇為什麼我們對新加坡政治有興趣，但似乎不願意對自己國家評論太多。他說他知道阿扁，問我們現在誰是總統，做得怎樣？

突然，其中一位老人說，你們臺灣比較自由，新加坡沒有自由。所有的媒體政府都有審查，政府控制一切。在新加坡所有東西都要錢，吐個口水也要收錢，只有放屁不用付錢，物價很高，工資又沒漲，生活沒有想像中好。

「只要把嘴巴閉上，就自由了。」講完他們哈哈大笑，感覺很樂觀的樣子。他問我們臺灣有沒有誹謗罪，我們一開始以為是罵人的那種，便告訴他「有」，他又問：「會抓去關嗎？新加坡會抓去關。」我們才知道，這個誹謗跟臺灣的不一樣，比較像以前戒嚴時期的內亂罪。只要批評政府，就可能被抓去。

後來他們又跟我們說，你們只要好好讀書，來讀新加坡學校，星國政府會給優秀學生獎學金，畢業後能在新加坡就業兩年，還要跟政府簽約。兩年後如果做得好，就會有機會永遠留在新加坡，最後取得公民權。

╱富強所付出的代價

新加坡快一半的人是外國的優秀人才，是完全開放高度競爭的社

會，完全是精英主義。「政府要人才，你只要夠優秀，就能待在這。」我好奇那本地的年輕人不就很辛苦，老人很淡定的說，辛苦也不能怎樣，這就是社會。

接著老人又說，新加坡最好的就是治安，因爲到處都是「電眼」。我一開始還聽不懂什麼是電眼，後來才知道是監視器。他們覺得很有趣，同樣的東西爲什麼會不同的叫法，其實很多詞彙，可能是不同閩南口音，我們也聽不大懂。

他說因爲新加坡很小，一犯罪馬上可以用電眼追到人在哪，所有人做了什麼都知道，只要有人敢窩藏，就是連坐，所以沒人敢犯罪。而且政府保障住的權利，大家基本生活無虞，自然也不會想犯罪。這讓我想到《1984》的「老大哥[1]，總是看到你」。

他們知道我們只是來轉機，說有機會可以再來新加坡看看，他們平常都在這廣場聊天下棋。他說他們不會英文，只會福建話、華語跟馬來話。我想到我不會講國語的阿嬤，我似乎能體會他們在自己的家園好像外人的感覺。難怪這裡跟新加坡其他地方完全不一樣，沒有新加坡式的英語，只有比臺灣還純正，不會摻國語、日語的閩南語。而這個新加坡，正在消逝中。

從一個小漁村到東南亞最富強的國家，新加坡這條成功之路似乎比想像的更艱辛刻苦。臺北市長柯文哲曾說希望臺北有天可以超越新加坡，我反而希望，我們永遠不會有任何人事物爲了國家發展而犧牲。

1.《1984》是英國作家喬治·歐威爾 (George Orwell) 於 1949 年出版的文學作品，也是反烏托邦小說的代表作品。書中「老大哥」是極權主義政黨的代名詞。

世界末日時，有空喝杯咖啡嗎？

在順化旅行，我遇到三位有趣的大哥。

順化的街道有濃濃的法國風情，房屋喜歡用粉色粉刷，看起來就像小時候玩的玩具一樣。這裡是越南過去的京城，有濃濃的古樸味。街道的樹幾乎都比房屋還高，每條小巷都可以說是林蔭大道。

我走在街道上，隨意地漫步，就這樣呼吸著這裡愜意的空氣。走在這裡街上，常常會有「誰翁」，就是用機車載客做城市導覽的大叔攔住旅人，推銷行程。我遇到這種誰翁不知道幾百次了，每回都用我生澀的越南話說：「沒有錢啦！歹勢！」一般聽到的誰翁也會黯然摸摸鼻子就走了，然而，今天卻不一樣。

這次攔住我的誰翁聽完我講這串越南話，張著嘴露出很驚訝的神情。「你是越南人？」他這樣問我。「當然不是，」我告訴他：「我是來自東方神祕小島臺灣的旅人。」原本以為對話會在這裡結束，想不到這位大哥卻說：「沒關係，你會講越南話，就是自己人，我帶你去喝酒如何？」

這時候他身邊另外兩位誰翁也跟我聊起來，他們是俊哥、畢哥還有平哥。他們告訴我，今天是俊哥生日，大家要喝酒慶祝。我就傻呼呼地上了人家的機車，騎到一家鄉間的小店去。門外是一大片田，這家店連招牌都沒有，就是個透天的院子。

到了這裡，裡面已經坐了一桌人，俊哥說，大家來這裡都是熟人，介紹給我這群是做板模工跟油漆工的。

老闆上了一盤炒田雞，大哥們為我倒酒，就這樣喝了起來。「就像你看到的，我們順化人都很友善。不像河內跟西貢，他們滿腦子都在想錢錢錢。我們就不會，錢要那麼多幹嘛？夠用就好了！」俊哥講完這句，平哥又說：「而且我告訴你啊，順化女人是全越南最漂亮的，穿起奧黛²最好看。」

聊到最近發生什麼，原來昨天（5月21日）是佛誕日，家家戶戶都會掛起國際佛教旗，越南的佛誕日是跟其他東南亞國家一起的，是國曆5月的滿月時，跟華人地區不一樣。這一天也會浴佛、齋戒。而今天（22日）是越南國會大選，俊哥說：「我們今天要工作，所以沒去投票，但我媽有幫我們投，我們這裡投票只要一家派一位代表就能投全部了。」這有趣的事情，我直到今天才知道。

後來大哥又問我在臺灣要不要繳稅，我說當然要呀。他才告訴我其實越南大部分人都沒繳稅，只有在大公司跟政府部門的人會繳稅。但是不繳稅的話，就沒有社會福利，像去看醫生有繳稅的人都可以減免，他們卻要付很多錢。

我問他們有沒有去過其他國家，「沒有呀，這裡只有有錢人能出國，我們頂多騎機車去寮國或柬埔寨，你說要去其他國家像新加坡、泰國之類，那都太貴了，有錢人才能去。」接著他又問我知不知道一個國家叫啾定，這我倒是完全聽不懂，他說在亞洲，很壞的一個國家，很愛鬧事。我才知道，原來啾定是朝鮮（北韓）的越南發音。

知道我明天要去峴港，俊哥說：「那裡待一天就夠了，沒什麼好玩的，就海灘而已。你取消行程，這幾天在順化我們帶你玩吧！」但我已

經訂好交通跟住宿，實在懶得取消，只好「謝謝」了。

／單純的快樂其實很容易

聊著聊著，俊哥開始說起他們的故事。「你看來這裡都是比較基層的，市區的店太貴了。像我一個月才賺300萬到500萬越盾，要養一家人，像畢哥，他有五個小孩，大家都很辛苦啊。」500萬越盾換成臺幣其實8,000塊都不到。

聽到這裡我也只能點點頭，但是看他們都笑容滿面，很開心的樣子。「但是，文，你知道怎樣嗎？沒有錢不會怎樣，我們大家都很開心。」俊哥舉起酒杯，大家都跟他乾了一下。「因爲我們不擔心這個，像我，我只想要買個房子，這樣就夠了。因爲當你越有錢，你就想要的越多，這樣是永無止盡的。我現在就很滿足於我所擁有的。」

「你知道光是市區，一平方米的土地就要美金500元左右，太貴了，買來還要蓋房子，所以我以後想買郊區一點的土地，一平方米才100美金吧。」接著畢哥也問我有沒有女朋友，沒有啊。「你長這麼帥沒女朋友？正好你知道我有個女兒今年18歲，很高很白又很漂亮，介紹給你當老婆怎麼樣。」我只好開玩笑說：「哈哈，有機會再說吧！」

這時候平哥說：「那你現在要叫他爸爸了！」我們哈哈大笑。在談話中，我發現順化人真的很友善，而且就是那種不追求世間物質的感覺。俊哥又說：「人生只有一次啊，要賺這麼多錢幹嘛，死了留下什麼？所以我不喜歡當有錢人，我們這樣很快樂了。」他們每週日都會來喝啤酒，因爲平常日都要載客，週末常常就來放鬆。

因爲這個職業，讓大哥們認識很多國外友人，他們覺得，這樣的人

生就很不錯了。做自己喜歡的工作，不去擔心明天會怎樣，很自在的過每一天，偶而跟朋友出來喝喝酒。生活不會苦嗎？我這樣問。「誰的生活不苦呢？就算億萬富翁也有他的痛苦，但如果我們被錢綁住，看不到自己已經擁有的，那才是真正的苦吧！」平哥很有智慧的這樣告訴我。

其實人生不也是這樣嗎？我們都在追求快樂，但常常這快樂不在遠方的終點上，我們卻都像老鼠跑滾輪一樣永無止盡的向前奔跑，沒有注意到，快樂這件事情很簡單，只要放下緊繃的神經，看看身邊所擁有的一切，看看那些自己所愛與深愛我們的家人朋友，就可以擁有很單純的快樂了。

這趟旅程遇到的這三位平凡的小人物誰翁，教會了我這樣的思維。看著他們開心的在越南語版的謝金燕電子音樂下拍手打節奏、跳舞。我才知道，沒有一個人不辛苦，每個人卻也都能夠從生活中得到最純粹的快樂。

結束後，大哥們帶我回青年旅舍。握著我的手，告訴我：「給你我們的電話，下次你回越南時，記得要打給我們。」我鞠躬跟他們道謝，順化，這麼美麗單純的城市，我下次一定會再來的。我在青旅門口揮著手目送他們騎機車回去，不知道下次什麼時候會見面，或會不會再見面都不知道，但這短短的一個上午，我會永遠記在心中。

---

2. 又譯為越南長襖（越南語：áo dài ／襖𢁪），越南傳統服飾，起源於 18 世紀順化廣南國的宮廷服裝。

「我想來當和尚。」

我這樣告訴道場辦公室，長得很像翁山蘇姬的阿姨，她皺了一下眉頭，告訴我：「我不能保證你能當比丘，這是要長老決定的，我只能保證你這十天可以先在道場禪修。」

聽完後我滿失望的，但都來了，也就簽了這份賣身契，交出了我的護照。

是的，這就是故事的開始，一位臺灣的年輕人跑到緬甸說想要當和尚。有一種超現實的滑稽感，把這整個故事往前拉，得從一位臺灣青年的中南半島冒險開始說起。

／出家是人生必經的大事

2016年6月結束我在越南的實習之後，開始環繞中南半島，從柬埔寨開始，經寮國、泰國再到緬甸。這是第五個國家，我就想來做些不一樣的事情，之前在旅程總是訪問當地人，跟基層的人民一起吃吃喝喝了解這些國家，聽到很多奇聞。

比如，柬埔寨、寮國、泰國跟緬甸的南傳佛教僧侶，是可以吃肉

的，這顛覆華人對和尚的傳統想像。不過，佛陀本來就沒有規定僧侶不能吃肉，漢傳佛教有這樣的習俗，其實是從南朝梁武帝開始的，也就是說，吃素不是佛教原始的習俗。

在泰國跟緬甸這樣的南傳佛教國家，每個男人一生都要當一次和尚，就像我們當兵一樣，沒有當過甚至會被認爲有問題，女生不願意嫁給你。

出家對這些國家的人來說，是人生必備的大事情，家族裡的親友甚至會敲鑼打鼓，歡送男孩去出家。在緬甸，男生一生會出家三次，幼年、成年跟中老年。出家不需要看破紅塵，可以單純出家幾天，就像個夏令營，換句話說，有緣的話，也可以一生浸淫在佛法中。

緬甸總統大選時，候選人甚至會去道場出家幾個月，而他們在道場的一言一行都會成爲大眾關注的焦點。由此可知，成爲一位僧侶，在南傳佛教國家是多麼重大神聖的事情。

「大哥，請問你知道哪裡可以出家嗎？」我去的是仰光著名的馬哈希道場。

／請問知道哪裡可以出家嗎？

找到這裡也是一個很奇妙的故事：

到仰光以後，我開始尋找機會，想當和尚體驗看看。在青旅放好行李後，我就下了樓到櫃檯。在櫃檯服務的是一位經理，英文講得非常流利。

「大哥，你知道哪邊可以出家嗎？」我劈頭就這樣問。

這位經理有點驚訝，卻又馬上露出微笑說：「你想出家啊？這是非常

好的一件事情，我小時候也有出家過，有機會我也想再去。」

他的答覆其實就是我想出家的原因，在臺灣時，我們社團邀請過泰國籍的老師跟我們分享泰國文化，當時老師就說對幼時出家念念不忘，有機會人生還想再出家一次。

那時候我就覺得太奇妙了吧！

不像臺灣出家通常是看破紅塵、頓悟人生，好像是很嚴重要鬧家庭革命的事情。對泰緬的人民來說，出家好像就是一件很美好的、大家都想去的、很受祝福的事情。

經理告訴我：「你想出家，找個僧團，問長老就行了，在仰光到處都是僧團。」

可惜這答案有跟沒有差不多，也不知道僧團在哪，只好到觀光景點去看看。在知名的大金塔有許多的僧侶，嘗試著問幾位老和尚，他們都聽不懂英語，只好繼續在附近的佛塔與算命攤閒晃。

為了打聽消息，我挨家挨戶地問，終於給我找到一家會講英文的。一開始我還沒講話時，算命先生就跟我講了一串緬甸話，我揮揮手說我聽不懂，他才用英文說：「我看你穿龍基（緬甸傳統服飾），我以為你是緬甸人。」

其實我在冒險的每個地方都曾被當成當地人，在柬埔寨被當成當地華人、在越南被當成越南人、在寮國被當成山區苗族，現在在緬甸也被當成緬甸人，可能是因為我喜歡往沒有觀光客的偏僻角落鑽的緣故。這種誤認讓我感到自豪，因為當你帥到一個境界，大家都會覺得你是自己人。

扯遠了，這個算命先生叫作東拜，算一次命大概只要臺幣300，他看了看命盤說：

「你的命非常好，你的心地非常善良，是一個願意爲他人犧牲奉獻的人。」東拜先師這樣說，我想大概是因爲我一臉慈眉善目娃娃臉吧。

竟然都要付錢了，我順便問起未來究竟如何。

「你將擁有財富跟名聲，會是一個非常成功的人，但有一天你將會下定決心成爲一個大祭司（Great Priest）。」

這敘述也太史詩了吧！雖然付錢聽人吹捧自己滿爽的，但我可沒忘了此行的目的，馬上向東拜探聽：

「所以，哪邊可以出家啊？」這樣「跳痛」的對話，讓東拜先生驚訝了一下，但是又立刻轉爲微笑。

「你想出家？哇，這是非常好的一件事情，我幫你安排吧！算命費用也不用了，等等我幫你安排車子去道場。」

當下覺得緬甸人也太佛心了吧！不久後，果然看見一臺計程車開到了門口。

「你跟他上去吧，他會帶你到道場。」我一聽說，馬上傻呼呼的上了車，也不怕就這樣被賣到孟加拉……。

╱你明天就剃度吧！

鏡頭回到開頭跟辦公室阿姨的對話，後來阿姨帶我到長老的大殿，一位老和尚從深處走了出來，坐在上位，阿姨帶著我跪拜了幾次。

老和尚用英文問我，你會講英文嗎？我連忙說是，結果他立刻轉用中文說：「你是華人吧？」

原來這位長老是一位緬甸華人，不愧是長老，修行很深，一眼就看出我的眞面目，還能講不錯的中文。

「能不能出家，要看你的情況，每個人不一樣。」聽完長老的話，我開始期待是不是有什麼十八銅人闖關大冒險。

接著長老吩咐阿姨一些事情，講著緬甸話也聽不懂，我就被帶到一間佛堂，交代我自己坐在這裡，會放中文的禪修教學錄音帶給我聽，聽著聽著我就跟著教學打坐。

整個房間只有我一個人，閉上眼睛靜靜地坐著。不知道過了多久，我已經沉浸在自己的安寧世界中，就是靜靜的閉眼坐著。突然長老又帶著兩位師父來到佛堂，拍了拍我的肩膀讓我驚醒說：「可以了，你明天就剃度吧！」

這麼快就OK？原本以為要經過一番挑戰或試煉，想不到來沒多久就被認可能夠出家。我後來才知道，有另一位從韓國來的青年，整整待了一個多月才被認可剃度。

／你是一個人類嗎？

正式剃度，竟被問：「你是一個人類嗎？」

這場奇幻旅程於焉展開。在這間道場，有來自各國的修行者，舉凡泰國、大馬跟斯里蘭卡的南傳僧人，甚至中國信奉漢傳佛教的和尚，都會來此學習，更有來自歐美的青年在此體驗剃度出家。

有一位老比丘像是我們的保母，帶著我去採買日用品——化緣用的缽與平日穿的袈裟等等。袈裟合臺幣不到兩百塊，因為那其實只是兩片紅布而已。在南傳佛教中，和尚就是用這兩片布遮著身體，不管是僧團中最大的長老還是小沙彌，都是同一個款式。

儘管只是區區兩片布，卻能變化萬千出三種穿著的方式，分別在外

出化緣、法會聽講跟日常生活時穿。

隔天我正式剃度，儀式上總共有十位比丘跟長老參與，在戒律廳舉行，很莊重的儀式，就為了我這個來自外國半路出家的小和尚舉行。大部分的內容我都聽不懂，因為是使用古老的巴利語[3]，儀式滿冗長，大概過半小時，念許多經文後，開始讓我披上袈裟，由師父教我怎麼穿上這兩片紅布。

接著我被帶到戒律廳門口，一位師父開始問我一些問題。

第一個問題是：「你是一個人類嗎？」

這個問題真的是難倒我了，我難道長得不像個人嗎？我疑惑的「蛤」了一聲。師父才跟我解釋，過去曾經有條龍想要跟隨釋迦牟尼修行而化為人的形象，最後被發現。雖然萬物都有佛性，但是只有人能修行開悟。這就是臺灣人常說的所謂「人身難得、明師難遇」啊！

這個解說頗有意思，我點頭稱是，接下來的問題比較「日常」，諸如有沒有疾病、有沒有負債等，因為只有身心健康、沒有塵世負擔的人才能成為一個比丘。這時我才理解，為什麼緬甸女生不願意嫁給沒有出家過的男人，因為出家的門檻就能篩選出身體健康、沒有負債的好對象了。

就這樣，我成了一名比丘。

---

3. 巴利語（Pāli、पालि）是古印度語言。

　　走到暹粒機場通關處，我迅速辦好落地簽以後，就開始在長長人龍中等待。這時候有一對洋人情侶，東張西望，一直在看附近的人的手，滿緊張的樣子。我就使出我雞婆的本性問：＂May I help you？＂他們才指著我手上的入境資料表問是哪裡拿的，「這是飛機上發的呀！」我回，他們就緊張地跑掉了。

　　他們離開空下我前面的位置，我看到一位高瘦的少年，手上拿著紅色的護照，我看他很斯文的樣子，就用日文問一句：「是日本人嗎？」他很驚訝地回我「是的」，我就是這樣認識川野，一位來自大阪的大學生，獨自來暹粒旅行。我跟他問候幾句，他跟我說：「你的發音非常標準，我一開始還以為你是日本人。」

　　我拿了張明信片給他，介紹臺灣給他認識，想當然爾，不用跟日本人特別介紹臺灣，他表示對臺灣也有很特別的情感。我就給了他名片、換了一下臉書，匆匆要出關了，因為接下來要訪問一位來自臺灣的NGO「希望之芽」的執行長Sally跟社Gaga。但是我沒忘記這位在我出關巧遇的日本人。

　　晚上，忙完一整天的訪談行程，我來暹粒已經12小時，也沒有去任何的觀光景點。順手用臉書問川野要不要一起吃飯，他爽快答應。不

過因為手機快沒電，他又沒有買網路卡，所以滿緊張怕最後就這樣失散了。想不到在我的青年旅社前等個半小時，川野出現了，載他的嘟嘟車司機是一位看起來很溫和的年輕人。

川野用日文對我說：「這位司機人相當好，可以儘管相信他。」我們就問司機有沒有推薦的餐廳，這位司機還會講日文，能自學學會三種語言真的很厲害（在暹粒到處是這種會兩種語言以上的司機）。

我們繞到一間吃到飽的火鍋加燒烤店，裡面都是柬埔寨人，重點是吃到飽只要美金5塊錢。

這時候在門口，司機突然跟我們說，只要我們願意請他吃這餐，車費就算了。這正合我意，不然放人家一個人在外面等我也不好意思。這樣雖然花一樣的錢，但是我得到跟我共進晚餐的當地年輕人，也是滿划算的。

我們就開始狂吃起來，也聊起天。內容混雜著日文跟英文，我問司機叫什麼，老實說他名字太難發音，我就叫他「阿潘」吧。結果我們就天南地北聊起來，歷史系出身的我當然開始說故事。我告訴川野臺灣人對日本的特殊情感，過去日據時代的事情，皇民化政策等等，他聽得很驚訝，雖然日本年輕人多半對臺灣人很友好，但也不知道這麼多細節吧。

阿潘也開始說故事，他談到一些國際局勢，中南半島各國間的情結，讓我眼界大開。他說柬埔寨政府目前很親越，但人民不喜歡政府的政策，因為越南在歷史上跟柬埔寨是世仇、寮國也被侵略過。他開始說起寮國跟柬埔寨夾在泰國跟越南爭霸間被侵略的歷史。雖然我本來就有長期研究東南亞歷史，但親耳聽到一位柬國人跟我說，特別有意義。

阿潘的故事可多著呢，我才發現他見識之廣，連寶雞這種中國三線城市都講得出來。他對國際局勢也十分了解，他談到越南跟中國在柬埔寨的政治角力，甚至說柬埔寨內戰其實是中越雙方的代理戰爭。他侃侃而談柬國國內的政治局勢，大家其實多討厭獨裁的洪森；也講到年輕人的高失業率，許多柬埔寨年輕人被逼到只能到大馬、阿拉伯、泰國等國當「柬勞」。

╱在外打拚，只因為有個夢

　　我很好奇這麼學識淵博的阿潘，是什麼樣的背景，他提到的很多事情甚至連我這個每天關注東南亞局勢的人都不知道。原來，阿潘跟我同年，卻還在讀大學、主修政治系。他自己兼差開嘟嘟車讀大學，在柬埔寨，很多大學生都已經25、26歲，因為多半是先出去賺錢再回來讀書。

　　川野問到阿潘柬埔寨人恨不恨法國人。「不會啊，我們的王室是在法國幫助下才能成立的。」其實在法國殖民前，柬埔寨也一直受到泰國跟越南的擺布與操控。阿潘又講到日本人：「我們其實非常喜歡日本人，日本幫柬埔寨很多，蓋學校、醫院跟工廠，真的是希望我們能站起來。」

　　「可惜我們政府因為太親中，所以拒絕很多日本的好意，這很可惜。」阿潘又講到了中日兩國在柬埔寨建設的差異，他認為中國的建設很明顯能看出來是為了自身利益，造路蓋房的品質也不如日本，他們對日本真的很有感情，他還說到311時，柬埔寨電視每天都在播海嘯情況，當時也有很多柬埔寨人捐款給日本，希望報恩。

川野君聽到這裡雙手合十說了謝謝，原來不只有臺灣，許多國家都對日本有特殊情感。阿潘又說到：「我們喜歡日本也是因為，二戰時日本曾經幫助柬埔寨獨立，柬國人曾經跟日本攜手『對抗』法國殖民。」這段故事真的讓我嘖嘖稱奇。以前常聽到人說：國際上大家不了解臺灣、中國跟日本的糾葛，可是說實話，難道我們對這些鄰居就有很明確的認識嗎？

　　我打破砂鍋問到底的個性每次都會顯露。我忍不住問阿潘薪水多少，他跟我說只有120美金，其實非常不夠用。但是這在柬國已經很不錯了，他沒想過畢業能幹嘛，因為政治腐敗，柬國人許多還是過著赤貧生活。加上產業結構的畸形，就連像他這樣的大學畢業生，說實話也找不到像樣的工作，很多只能到大馬或泰國當外勞從事低階勞力。

　　他抱怨到過去曾經在飯店工作，卻被壓榨，超時工作很辛苦。講一講我不禁感慨，阿潘算是個人才了，能講這麼多語言，對國際的視野跟洞見甚至超過臺灣大部分的年輕人，但他卻因為生在這樣的國家，只能拿讓三餐能溫飽的3,000臺幣薪水。

　　我繼續問阿潘家裡的情況，他告訴我他現在獨居。我以為他一個人離家討生活，想不到問到家裡，阿潘紅了眼眶。他說他小學四年級時，父母都死去，成為孤兒，跟姊姊相依為命，後來姊姊嫁出去，他就一個人工作，努力想讀書有更好前途，所以不放棄升學。這樣的故事在臺灣如果上報，一定蜂擁而入捐款，但是在柬埔寨，幾乎滿街都是這種事情。

　　我非常白目又繼續問父母是怎麼離開的，他說有蚊子叮他的媽媽，就生病死了。我心裡開始也酸酸的，不知道該說什麼，川野就問他，「這樣被蚊子叮生病死的，很多嗎？」阿潘低下頭，有點生氣地說，

「這其實非常常見，但是因為送去醫院太貴，很多人只能在家等死，而政府卻又為了形象隱匿這樣的疫情」。

　　我跟川野只能互看長嘆一聲。他用日文跟我說，真是慘啊，可惜我們也不能做什麼。我想到有一次在越南一家臺資證券商，總經理派一位跟我們同年的越南年輕人來簡報，而且是用流利的中文。結束總經理請這位越南青年離開，跟我們說：「這樣優秀的人才，會講流利的三國語言，又有專業技能，你們知道他一個月只要9,000臺幣嗎？如果不走出來看看，臺灣年輕人該怎麼跟世界上其他青年比？」

　　這時候我才知道，為什麼這世界上這麼多人要遠離自己家鄉，在外打拼，只因為有個夢，希望可以透過自己的努力有更好的生活。當時未來要在東南亞工作的我也是抱著這樣的信念，只是希望能活得更好而已。

　　我不禁覺得自己是何其幸運，阿潘這樣的年輕人這樣的上進，童年就父母雙亡，不氣餒努力往上爬，自學學會英文跟日文，卻只能當嘟嘟車司機，只因為他生在一個充滿悲劇的國度。反觀我能夠有機會到東南亞工作，或許未來會領著滿不錯的薪水，不是因為我很優秀，最根本的原因是我是個臺灣人。世界上有多麼多這種根本上的不公平。

　　我不知道該說什麼，我跟阿潘握了握手，告訴他有機會來臺灣可以來找我。他卻告訴我殘酷的事實，許多留在國內的人，是因為他們連機票都買不起，被困在這樣貧困的祖國中。我這次只能默然無語。

　　我們上了車，阿潘要帶我跟川野回各自的旅店。突然到一半，車子爆胎，阿潘不知所措，路邊的警察也來關心。他的家在崩密列那裡，這次爆胎他不知道該怎麼處理。但他還是先幫我們攔了其他車，告訴其他司機我們要去哪，幫我們付了錢，目送我們離開。

在這個小小的暹粒不知道有多少位嘟嘟車司機，有著類似的故事。如果沒有這頓晚餐，我大概只會把嘟嘟車司機當作隨時要坑外國人的壞人。

這個晚上，我才知道自己何其幸福，沒有什麼事情是理所當然的。

在金邊的這幾天，我都在青年旅館的大廳用電腦。無聊的時候，會跟員工們一起「練蕭威」，彼此也算滿熟的。其中有位員工叫奔騰（Buntheorn），是位年輕小夥子，有次我們聊起來，說了他的家鄉故事。他才告訴我，他兼兩份工作，沒有自己的住處，都睡在工作地點，因為日夜班都有，所以他可以說24小時都在工作。

我還滿驚訝的。接著他說他只有讀到小學五年級就出來工作，是來自東北一個小縣Kratie：「其實我晚上11點才上夜班，因為我另一個工作6點就下班了，所以我有5小時沒事幹。」原來是這樣，難怪他可以跟我一直瞎聊天。

「你吃飯了嗎？」我問，當然他還沒吃，我就邀請他帶我去這附近的餐廳。

我們到附近一家柬埔寨當地人吃的餐館，裡面都沒有外國人，他說這間是附近最便宜的。其實也是，一道菜大概2～3元美金。我也不知道要點啥，就叫他幫我點。等菜來之前，我請他當我柬埔寨語家教，又學了幾句奇怪的話，像是「你好帥、好漂亮」，還有「你可以教我柬埔寨語嗎？」這類的。

接著我們聊到夢想。

／我想開自己的小餐館

「我希望我可以開一家自己的小餐館,有穩定收入,之後有機會出國看看,我一直想出去旅行。」

奔騰他在青年旅館這工作前,是位清潔工,為了享有更好的生活,就自己學起英語。現在在兩間旅館當櫃檯接待。他說他家是農村,種田的,在來金邊前,他也在家鄉種田,但是收入太少了,他的兄弟都出來打工。

我拿出我今天拍的貧民窟照片,原本是想跟他說,「有人這麼辛苦,不要氣餒」。他看了以後,問我:「這是中國嗎?」

「不是啊,這是金邊,你不知道金邊有人住這樣嗎?」想想我這樣問還滿白癡的。

「我家以前就長這樣。」當他回這句時,我整個羞愧了,原來是因為這種情況在柬埔寨太常見了,拿出來說是柬埔寨反而不稀奇。

奔騰兼兩份工都各自150美元左右,本薪有300美元,加上他常常安排嘟嘟車跟服務,客人常常多給小費,這樣一個月就可以拿到差不多400美元左右。但是他每個月要寄一半回家鄉,加上金邊生活真的太貴,也是入不敷出。我跟他說我小時候家境也不好,我甚至高三的時候因為家裡沒錢給我讀私立大學,就申請留級重考一年,希望可以鼓勵他不要放棄夢想。

要結帳的時候,總共要7美元,但是我們只有點兩道菜,都是青菜,我才知道這裡物價多高,這已經是本地人吃的東西了。我說我要請他,奔騰堅持說不要,他能自己付。我才想到柬埔寨人是很愛面子的,我就跟他說:

「我不是請你,而是這次我請你,下次你的餐廳開張的時候,你要請我吃更多。這是我們的約定,所以你千萬不能放棄夢想,等你哪天開了餐廳,我要第一個到。」

可惜的是他連智慧型手機都沒有,當然也沒有臉書帳號,他問我要怎麼聯絡他,我寫下我的Email跟臺北的地址,告訴他保持聯絡。出來以後我們在附近晃晃。他問我會不會講日文,然後就開始用日文跟我對談。果然是做青旅的,真的滿厲害的。我說我想買明信片,他帶我到一家紀念品店,可惜只有店家自己做的免費明信片,上面印著商品,我想這寄出去也不大好。

奔騰突然跟店裡的員工聊起來,出來以後我問他在講啥。「我看到他們有做網站,所以我問他要怎麼做。我工作的另一個旅館沒有網頁,要是有的話就可以有更多人知道。」想到他領固定薪水,還這麼願意為公司著想,真的是很棒的員工。

我們在皇宮附近的街區亂晃,這裡都是觀光區,他提醒我一定要小心包包。老實說要不是他陪,我這幾天聽到一堆搶劫,晚上我其實也不敢出來。

接下來他帶我去他工作的另一家旅館,看到門口貼的春聯,想說老闆應該是華人。雖然猜中,但是老闆已經不會講中文了。奔騰請我喝杯檸檬汁,我們就坐在門口,看著人來人往的大街聊天。我又開始亂秀高棉語,那個老闆是位女生,聽完就一直笑,說我是很有趣的人。聊一聊我又搭訕旁邊的荷蘭女學生,她原本跟她爸一起旅行,結果爸爸現在自己跑去暹粒了,這也是西方人才會發生的事情。

╱隨時積極面對工作與人生

　　我跟奔騰邊走邊聊天。「你覺得你們國王怎樣?」我問,其實我預期聽到的回答是我們很敬愛他。「我不大了解王室的事情,因為我讀的書不多,只知道有國王跟皇后,但是國王人應該不錯吧!」講到這句我滿感慨的,一個懂英語、日語又有才華的人,卻因為受的教育不夠,不能跟外國人介紹自己國家的王室。

　　走在夜裡的金邊,都滿緊張的,前幾天一堆人跟我說會被搶,讓我這冒險王都緊張了,奔騰也一直吩咐我一定要小心包包,他自己也把包包往前背。突然經過一家素食餐廳,他跑進去問說有沒有名片。我整個又糊塗了,他要幹嘛?他拿了一疊名片出來以後,我問他。他回:「很多馬來西亞來的觀光客不吃豬肉,但是我們這裡又沒有清真餐廳,他們只能吃素食,我拿這回去也能介紹給他們,算是客戶服務。」

　　這個精神真的很難得,他把這份工作當成自己的事業一樣。要是我每個月拿不到臺幣9,000元,連自己的住處都沒有,還超時工作,我怎麼會想到要怎樣服務客人?幫公司改善?他這個精神真的可以說是典範了。我會永遠記得這種工作態度。

　　這次的旅行,我在柬埔寨人身上學會怎樣真正的去面對工作、面對人生。

　　回到青年旅舍,奔騰又請我喝很多飲料。要結束時,我很謝謝他說:「今天真的很謝謝你,要不是你陪,我根本不敢出去。你教我很多,謝謝!今天很棒!」

　　「不棒!」他突如其來這句嚇到我,難道是我做了什麼得罪他?

　　「不棒,因為你明天又要走了,你真的是很好的人,我在這裡這麼多

年沒看過你這樣好的 。 長得又帥 。」聽完我只能尷尬地笑。

　　這幾天的各種奇遇，讓我的生命跟這片土地有了連結。 他不是我回憶中的景點，而是深刻烙印在我人生裡的印記，已然改變我的一生。

　　我會永遠記得這位25歲的青年，他認真的工作態度，即使跟朋友走在街上，也時時掛念要怎麼提升公司；就算生活窘困，仍不放棄自己心中的夢想。

世界末日時，有空喝杯咖啡嗎？

　　離開柬埔寨我準備前往越南。我選擇搭巴士前往，我這一生還沒有搭巴士穿越國界過。早上跟奔騰擁抱說掰掰，我就動身去巴士站了。上了巴士，旁邊坐的是一位老伯伯，我向他問好，問他從哪裡來的。

　　「希臘，我是希臘人。」這可有趣了，我這一輩子第一次遇到歷史課本以外的希臘人。這位伯伯叫做亞尼斯，他是很酷的伯伯。原本以為我說我來自臺灣，又會得到人家說「泰國嗎？」的情況，但伯伯竟然很了解，他知道兩岸分治的原因以及蔣中正的故事。我在外旅行第一次遇到對臺灣這麼了解的人。

　　「我這趟旅程從大馬來，還會去寮國、緬甸、泰國等等。我之前在日本跟中國住過一段時間，東亞地區我就沒去過臺灣而已吧。」原來伯伯這麼酷，他已經退休了，所以在環遊世界。我還以為希臘都破產了，想說他怎麼這麼悠哉過這麼爽。「我年輕的時候就開了一間塑膠工廠，因為要拓展業務就全世界跑，後來退休賣掉事業就逍遙了。」

　　伯伯有三位女兒，都嫁到澳洲，所以他的護照也是澳洲的，但是他還是自認是希臘人。我打開地圖給他看臺灣，他也滑到雅典，給我看他家在哪。「我家以前就住這裡，地鐵就能到了。可是我已經賣掉房子了，現在我就在世界各地遊歷。」真是個瀟灑的伯伯，已經60快70

歲了，事業有成以後開始享受人生。

　　我很好奇他對希臘政治跟歐盟情況的看法。「其實政客都一樣，不管左派右派，都是在欺騙人民。就像美國，你以為你有自由，其實政府監控所有事情，只是你以為你自己比較自由而已。」談到歐盟，伯伯非常看衰歐盟的命運。

　　「歐盟沒有前途，因為各國文化歷史差異太大了。我舉個例子，假設你在個大家族，老奶奶總是堅持己見要你聽她的命令，其他家族成員會同意嗎？德國就是那老奶奶。」

　　到了邊境關卡，我跟亞尼斯伯伯到關卡裡面的餐廳吃飯。可是服務生遲遲不來幫忙點菜，我們只有半小時可以吃，伯伯就滿生氣的。

　　「做事情真沒有組織。」

／除工作外，人生還有很多事值得探索

　　我怕亞尼斯等得不耐煩，拿出紙筆請他教我希臘話，他的氣就消了點。順便問問他目前歐洲的年輕人遇到的困境。

　　「歐洲的青年失業率太高了，很多年輕人放棄自己沉溺在毒品裡，目前毒品是很大的問題。但是這失業率很難好轉，這是因為產業都往亞洲國家外移了，自然沒工作。」

　　伯伯不愧是個創業家，對國際局勢很有一套見解，而講到穆斯林這塊，亞尼斯提到法國。

　　「今天激進恐怖主義猖獗，很多是因為歐洲境內的穆斯林移民，他們因為不被主流接受，被排擠之下有報復心態。但歐洲本來沒有穆斯林，早期都是從北非那些法國殖民地來的，法國給他們護照跟公民

權，這可以說是遠因。」

因爲亞尼斯曾經擁有自己的公司，我就問問他管理的訣竅，到底要怎樣成爲一個領導人。「其實這很簡單，面對員工你要思考他眞正的問題，幫助他們，才能眞正解決問題。很多人只看到表象，就說他工作表現差，但是這背後一定有原因。舉個例子，他可能家裡有變故，經濟有困難，甚至心理有問題，這時候你再喝斥他，只會雪上加霜。」我覺得他說得很有道理，但是要怎麼解決又是個問題。

「要解決這個問題，可以先讓他換到比較輕鬆的單位，或者滿足他眞正的需求，給他一點時間放鬆跟冷靜，畢竟像我自己有時候也不想早起工作，每個人都需要一些緩衝。」想不到亞尼斯伯伯是這麼好的老闆，這在臺灣幾乎看不到這樣的觀念。

「人生不是只有工作，有一次我到深圳的工廠看，他們竟然上工以後就把員工鎖在裡面，8小時不能出來，這已經不是工作，是奴役了。」

這眞的是一語點醒夢中人，想到伯伯已經快70歲，仍不服老的當背包客環遊世界，就覺得眞的是很棒的一件事情，**人生不只是只有工作而已，還有很多值得探索的世界。**

坐了8小時的車以後，我們到了越南，亞尼斯伯伯跟我說再見，他說未來到臺灣，會來找我的。我也希望等我快70歲時，也能像現在一樣背著包包世界各地跑。

世界末日時，有空喝杯咖啡嗎？

　　每過一段時間，臺灣網路上都會規律地開始討論起了臺灣南北的差異「高雄公車不急煞」、「臺北便當超級貴」，這種話題好像永遠不退燒。臺灣這個可愛的小小島，從南到北也不過400公里，就有這樣豐富的多樣性。「戰南北」根本是大家聊天必備話題。

　　然而出了臺灣，我才發現原來「南北差異」不只是臺灣專屬，已經可以說是普世價值（？），每個地方，南北這個話題都能聊個三天三夜。

　　在我出發前往越南前，老家裡70多歲的老姑姑其實一開始還不知道越南早就統一，為了我的前途，特別到菜市場幫我打聽那邊的情況。

　　她遇到了一位來自北越的媽媽在菜市場擺攤。「你家小孩要去胡志明？那裡不好啦！我跟你說，南越女人也沒北方漂亮，而且都很小心眼的，娶老婆還是娶北越好，賢慧又愛家。」老姑姑在電話那頭轉述這件事情的時候，我有點哭笑不得，想說那媽媽應該是開玩笑的。

　　我錯了。

　　在這個南北超過1,600公里的狹長國越南，南北差異真的是個很重要的必修課。

　　語言是其一。

　　「有時候我會覺得他們其實在講中國話，我常常聽不懂。」小玲是公

司的工讀妹妹，土生土長的西貢人，她這樣描述河內腔。「但中越人講的話就更難了，是完全聽不懂」，她示範了各地同一句話的念法，南北還是發音腔調不同，中部已經是連用詞都不一樣了。

從口音到用語，越南各地的差異真的很大，連越南人自己常常都會產生誤會。一位同事告訴我，因為很多詞彙用法不同，她收到 mail 以後很多時候還要特地打一通電話問河內辦公室，詢問這封信確切的意思是什麼。

腔調這件事情在電視節目上也有差異，總部在胡志明的電視臺，播放的戲劇或播報的新聞都是用西貢腔，聽說到今天，海外的越僑電視臺，仍以西貢腔為標準。

／南北有各自樣貌，誰也離不開誰

最讓我印象深刻的是成伯伯，他是位老師，我在范武老公園遠遠看到這位伯伯，向我走過來，坐在我旁邊，我跟他點頭打招呼，他跟我聊幾句才發現我是個越文很破的外國人，剛好他英文不錯，讓我們溝通不會有障礙。

他的父親是前南越的飛行員，母親曾在美軍從事過行政職。越戰結束後父母就避居到湄公河一帶，他自己在西貢教書。

我們在咖啡店門口，坐著小凳子面對車水馬龍亂聊，我隨口問到政治兩個字，他神祕兮兮地湊上我耳朵偷偷跟我說：「我討厭共產黨，更討厭北方人。」

越戰結束了40年，但那場戰爭留下的影響持續到今天。

「北方人？我跟你說，他們講話都不算話，西貢人覺得怎樣會直接告

訴你，河內的不一樣。他心裡明明覺得不好，還微笑點頭跟你說OK，這樣不是騙人嗎？不值得相信。」一位姐姐這樣跟我說。

這讓我想到以前在學「文化差異」（Culture Awareness）這堂課的時候，老師講過語言表達上兩種民族特性，高語境（High Context）與低語境（Low Context）。

高語境的溝通更要注意所謂言外之意，一般來說日本人是這個領域的專家，很含蓄的表達出來，常常要透過當時時空場合的各種蛛絲馬跡來拼湊真正意思。

低語境則相反，美國人是代表，說開心就是真開心，有不滿一定講出來，大家就事論事。但這不是絕對值，而是一個光譜。像臺灣人，相對於大陸人可能就比較高語境，比較委婉，但跟日本人比，臺灣人又是大喇喇的豪放哥們了。

根據我以前偷偷學的一些越南歷史，我在猜想（純粹是個人猜想，沒有任何學理依據，若讀者朋友中有這方面的專家非常歡迎指正補充），可能是因為南方過去本來就是西方文化進入的首要地，吸收了許多來自法、美的文化，而傳統的北方則身受東亞文化的儒家薰陶。當然，曾經捲入冷戰而分裂也是個原因。

這點從街道就可以感覺出來，西貢的街道五光十色，充滿了西方殖民建築，還有各種前衛感十足的商店街道，就像一位巴黎時裝伸展臺上的模特兒；但河內就像個充滿人文底蘊，穿著傳統服飾的東方古典美少女，比起西貢，河內的文廟、古蹟等等建築讓她更有東方味。

想做個比喻，可是拿臺北跟高雄比對西貢跟河內好像不恰當，如果是上海跟北京，或許比較能對應吧。

千年歷史的政治文化古都，對上廣泛接受西方新鮮事物的經濟重

心，河內跟西貢就是這樣的矛盾關係，卻誰也離不開誰。

╱一路北上的冒險新發現

實際走訪河內之後，我發現……，當然，並不是所有南方人都討厭北方。

「我不喜歡西貢，這裡太擠人太多，壓力很大，大家都像老鼠一樣拚命跑拚命工作。河內就很愜意，很輕鬆而且充滿文化感，我很想搬過去住。」阿德是小我三歲，在餐廳工作已經當到外場經理了，他，也是一位土生土長的西貢人。

第一次到越南，就是在胡志明市落地，學生時代最後的兩個月就在這裡實習，接觸的都是西貢在地人，也聽了很多有關所謂「北方人」的有趣傳聞。

實習結束後，開始展開我一路北上的冒險。

跑遍了整個越南大江南北，最後一站，讓我期待又怕受傷害的河內來了。

結果，到了河內，完全感覺不到之前聽說的各種故事。後來問才發現，很多告訴我河內怎樣的西貢朋友們，其實也沒去過河內。

在這個步調沒有胡志明市那樣緊湊的文化之都，連便利商店都沒有西貢那麼好找，但是卻也有一種不同的典雅美感，短短幾天，也讓我喜歡上這裡。

我來這裡找河內辦公室的同事，他曾經來西貢支援過幾週，是對我很好的大哥哥，總是不厭其煩地堅持幫我練習說越語，比手畫腳也要我學會。這次，他騎著機車帶我穿梭在河內的巷子裡。

「文，有機會再來喔！」我們道別之後，我忍不住想，其實，居住於南北的越南人們，彼此之間的差異也許並不如想像中大。

對我來說，不管是溫柔婉約的河內，還是活潑熱情的西貢，都各自有各自的美，雖有矛盾衝突，卻又不可缺少彼此。

一個「南北」的話題，讓我更認識這片土地，也因爲更認識她，就更加喜歡她了。

下次到一個新土地，也問問當地朋友：「你對雲那一端的人，有什麼看法？」會有讓人意想不到的故事展開吧。

後來，我被指派到北寧一個廠區，那是一個在河內旁邊的省。我告訴成伯伯這件事情。

「唉唷！你不會回西貢啊？我跟你說啊！北方人啊……」成伯伯話正說到一半。「北方人都很可愛啊！我超喜歡！」我打斷了他。

「蛤？爲什麼？」

「因爲我最喜歡越南人，不管天上天下東南地北。」

然後，我們一起哈哈笑了起來。

世界末日時，有空喝杯咖啡嗎？

　　龍坡邦，位於寮國的中心地帶，是聯合國世界文化遺產，也是過去寮王國古老的首都，到今日仍維持百年前東南亞跟法國殖民建築融合的街景。很多派駐在東南亞的臺幹青年，年度長假都會選擇去那裡放鬆一下。

　　寮國是一個十分神祕的地方，許多臺灣人甚至指不出這個冷門國家在地圖上的位置。四面被鄰國陸地環繞，讓寮國成為東南亞唯一的「陸鎖國」，加上位於山區高地，整個國家的陸上交通只有巴士，跟一條距離首都永珍只有十公里、接往泰國東北的鐵路。

　　出來冒險從不做規劃的我，總是到了當地才開始觀察周圍環境，看著混和法國風格的古樸建築，有種置身電影場景的錯覺。不同於部分東南亞國家旅遊景點的雜亂無章、滿地垃圾，這個地方乾淨到不可思議──不僅街道整齊，村民還都十分有禮好客，讓我相當驚訝。

　　我隨意地在路上遊蕩，看到一間大寺廟，就擅自走了進去，寺廟雖然沒有門禁，但看起來也不像個觀光景點，廟裡沒有半名遊客。一位在大樹下掃地的人，向我揮了揮手，跟我說這裡可以坐下。

　　我用英文跟他打招呼，才發現，他一句英文都聽不懂，兩人語言完全不通，我只好一直比手畫腳，指著自己的鼻子喊出名字，再指著他

問他的名字。

可能是我的肢體語言太難懂，光是問「你叫什麼名字」就花了半天。最後我才知道，他叫阿崩，是寺廟裡的俗家人員。

在南傳佛教中，僧侶是完全不能接觸世俗事務的，所以也不能碰錢，出去化緣只能直接拿米飯等食物，當天就回來由寺廟平分，平時，廟裡的日常事務，都由俗家人員幫忙處理。

這個阿崩真的很熱情，他拉著我到處參觀寺廟，在大堂前，他指著壁畫雕刻，用寮國話跟我講了一堆，雖然我一句都聽不懂，但感覺得出來，他想跟我解釋上面的佛陀故事。

他還帶我到小沙彌們的宿舍，看到小沙彌就像普通小朋友一樣在床上玩手機，顛覆了以往我對出家人的印象。我試著跟他們溝通，可惜他們不會英文，對我這闖入的客人也沒啥興趣，端詳了一下我送他們的臺灣風景明信片，就又開始打電動。

自討沒趣的走了出來，迎面遇見了孟。

╱把泰國當成世仇的寮國青年

孟是23歲的青年，會講基本的英文。我詢問他寮國是怎樣的國家，他話匣子一開，從歷史開始，滔滔不絕地說著。

「我們都懂泰國話，因為寮國的電視都是播泰國的節目，但是泰國人聽不懂寮國話。我們的語言又可以跟泰國東北的人溝通，因為那裡原本是寮國的，是被泰國併吞的。」

的確，寮國的文化風景跟泰國很像，寮語跟泰語聽起來也很相似，不懂泰文的人，光聽根本分不出寮文跟泰文的差別，因為寮國基本也

是泛泰族的一員。

不過，文化雖然相近，寮國卻把泰國當成世仇，因爲弱小的寮國，在歷史上常常被泰國這個遠房親戚侵略，甚至有末代國王昭阿努戰敗，被泰軍俘虜到曼谷斬首示衆的故事。

寮國跟泰國東北伊珊人是血緣上的兄弟，語言能完全溝通，但是因爲政治的原因，寮國更把越南當成兄弟。這是因爲過去同樣受到法國殖民，許多越南人被法國當局培訓成基層行政人員，來到寮國協助統治，加上寮王國在越戰後被共產黨推翻，也使現在的寮國成爲碩果僅存的共產國家。

「你看泰國人有個王，王卻不統治，所以政治才這麼亂。要像共產黨一樣，眞正爲人民，才能強盛，你看今天中國、越南都這麼強大，就是共產黨的功勞。」生在美國爲首資本主義陣營的臺灣，雖然從沒經歷過冷戰時代，但聽到這樣的話語，當下還是十分震撼。

想不到我們聊了半天，我都還沒介紹我從哪裡來。我趕緊拿出我冒險搭訕的起手式，送出一張臺灣風景明信片，那張上面印的是孔廟。

「這是你的家鄉嗎？是中國嗎？這很像中國建築，你是中國人嗎？」他說。

「呃……我是臺灣人。」我這樣說道，原本已經準備好他講出「泰國」這個字。

「我沒聽過，但長得很像中國，那裡跟中國不一樣嗎？」他問。

其實出門在外走，介紹臺灣方法要有，我早已研發出一套解釋臺海關係最好的論述：

「你知道南北韓嗎？就像他們一樣，講一樣語言，但是因爲歷史跟意識形態的原因，出現兩個敵對的政府、兩個政權。臺灣有自己的軍

隊、政府。」我覺得自己的解釋，對於完全不知道臺海關係的外國人，實在簡單明瞭。

「真可惜啊，我很喜歡中國。」

真喜歡中國？我從來沒聽過這種說法。通常臺灣媒體呈現的，都是透過訪問，傳達日韓鄰國對中國的看法——想當然爾，因為歷史政治等原因，這些國家對中國的好感度不高，再加上臺灣大多從西方觀點看世界，中國的正面論述是很稀有的，愛中國，大概只有炳忠哥這種「祖國好青年」會講出來。

「我們很喜歡中國，中國是一個強大進步的國家，而且幫助寮國很多。中國要建設一條鐵路，從中國南方跨過寮國，一路到新加坡。」看他炯炯有神的目光，我確信他所言都是發自內心的實話。

／我所知的，真的是世界的全面嗎？

在龍坡邦的觀光客，大多都是日本韓國人，再來就是歐美的背包客，「中國旅行團」在這裡基本上是看不到的，在青旅也幾乎沒看過中國青年來背包旅行。但是龍坡邦，卻常常看到簡體字的招牌，許多年輕人也會學習中文。

「你好，我叫孟，我今年23歲。」孟用標準的漢語講出這個句子，我忍不住拍手說他很厲害。原來他每週會去鎮上上兩次漢語班，而去中國留學更是他的夢想。

我所認識的世界，真的比山村裡的比丘全面嗎？

在寮國，只有幾臺政府辦的電視臺，且內容都是無聊的政令宣導，所以寮國人都會偷接泰國訊號、家家戶戶都看泰國電視。基礎建設的

缺乏，讓很多寮國家庭連網路都沒有。

其實一開始，我還是有偏見的覺得，孟大概是因為寮國的共產黨教育，沒法看到世界，所以讓他存有諸多我聞所未聞的觀點，但當他慢慢跟我說起他所了解的世界時，我卻心裡一沉，講不出話來。

「你知道美國人在越戰的時候，以窩藏越共的名義，對我們轟炸了幾百萬顆炸彈，好多寮國人都死了，寮國什麼都沒有做，只是因為在越南旁邊而已。」他跟我痛批美國人，講起美國多喜歡跑到人家家裡搗亂，又拍拍屁股走人。

這是我第一次聽到這件事情，事後我開始研究，才知道這場不屬於寮國的戰爭，讓近一成的寮國國民無辜喪命，1964年到1973年，美國在寮國境內投放了超過200萬噸的炸彈，遠遠超過二戰時對日、德的總和。

或許，我認識的世界並不如我以為的全面。

接著，孟開始跟我分析東南亞各國的局勢，在他看來，泰國經濟將繼續停滯，而越南會成為新的區域強權。他認為南海問題，不會有真的衝突發生，因為中國實在太強大，其他東協國家也只能叫囂而已。

一位16歲就出家的比丘，每天的行程就是在寺廟裡修行打坐，下午掃地，卻有這樣宏大的世界觀與個人論述，讓我很驚奇。我問起他是怎麼學英文的，他說：「自己學的，多跟外國人講就會了。」原來，他的很多訊息，也是跟像我這樣的旅人聊起才知道的。

／地球從來就不只有一種樣貌

「我要去打坐了，Wenzel，很高興認識你，你教了我很多。」孟這

樣跟我說。其實，我才覺得他教了我許多，我只是拿著臺灣明信片，跟他介紹臺灣而已，他卻讓我看到一個我從未看過的世界。

一開始聽到孟跟我講的事情，我滿難理解的。「中國是恩人？美國是渾蛋？大概是被共產黨洗腦洗壞了！」我一開始眞的是這樣想的，但隨著不斷深入地聆聽孟訴說屬於寮國的故事，我才發現，或許我錯了。

世界本來就不只有一種樣貌，而所有地球上的人，都因爲自己的民族、出生的國家以及個人經驗，而塑造出了屬於自己的觀點，沒有什麼是對的、什麼是錯的，因爲從每個人的眼睛看出去的世界，本來就不同。

但人類，或許常常陷入一個盲點、一種對自我的執著，就是相信這個世界上有個普世的價值跟眞理，並產生對錯的二元概念，爲此，很多人無法接受與自己反面的意識形態或立場，並爲了捍衛自己幻想出來的「唯一眞理」，動輒傷害他人。政治、宗教紛爭，都是因此而起。

但這又有什麼好不能接受的呢？那只是另一個個體，在訴說著屬於他的故事而已。正是因爲世界有這樣多元的信仰跟觀點，才顯得多采多姿。

或許，願意敞開心胸，思考各自立場的同時，也接納不同意見，進而互相理解，就是一種國際觀吧。

2
／
交
流

每個人都是一本書，值得細細閱讀

世界末日時，有空喝杯咖啡嗎？

《臺北人》是我中學就很愛的一本小說。看到那個在大時代下每個人的悲歡離合，我也從小說人物中愛上那個大時代的背景故事。這就是一個臺灣的縮影，動盪的歷史潮流，讓許多人因緣際會匯集到這座島嶼上。

我自己小時候也很愛聽家裡長輩說起那些他們的故事，我的外公外婆來自福建福州，他們光復後原本只想來臺灣旅遊看看、偷偷打工，結果因為國府遷臺後再也回不去。在臺灣因為同鄉情誼認識的兩人也在這裡組成家庭，後來有了我媽媽，我媽媽在家中聽外公外婆講福州話，也練得流利的福州話，去福州時常常被當成本地人。

而我阿公是嘉義人，日本時代的時候因為中臺灣的大地震，成為了孤兒，寄住在哥哥與大嫂家，年幼的他一次聽到大嫂想把他賣去給馬戲團，他就連夜逃離嘉義，十幾歲隻身來臺北打拚，後來還在糕餅店做學徒，學得一技之長，也去東京工作過，後來回臺灣自己創業。擔任過臺北糕餅同業公會會長，為當時殖民政府提供物資，家裡總說，我們家在日本時代可是有車子，孩子都穿絲綢衣服的。

我們家族中，大多數在日本時代出身的長輩都有日文名，當時我們家族甚至改姓為「河田」。至今他們有些仍以日本名字做為小名互相稱

呼著，講著有些日化的臺語，稱呼阿公爲「多桑」，姑姑則常常叫大伯「尼桑」。

而受過日本教育的大伯，光復時雖才13歲，卻爲他人生留下很重要的印記。他因爲日文能力，大學畢業後在日商工作，聽家裡的人說起，一次大伯入境日本，卻被同樣排隊的日本人說：「你排錯了，本國人要排這，你排到外國人去了。」大伯告訴這人，自己不是日本人，反而因爲毫無口音的日語跟完全日式的外貌氣質被臭罵：「你明明就是個日本人，連自己國家都不認了嗎？」

光復以後，因爲時局變換，曾經爲日本政府效力的我們家族，因爲改朝換代也家道中落。後來就變成只是開雜貨店的普通人家了。常常聽起家中長輩緬懷那段時光，也讓我特別喜歡這些大時代的故事。

小時候家裡住在眷村改建的老國宅附近，到公園玩耍的時候，總是能遇到很多外省老伯伯，他們可能邊下棋邊談著當年的勇猛故事，說著自己身上的槍傷是哪場會戰造成的，或打鬼子跟剿匪的戰役怎麼樣激烈。

年幼的我總是聽得津津有味。也很期待每次聽到更多這樣的故事。

大學以後，因爲我就讀歷史系，我們也學到一些口述歷史跟田野調查的方法，系上的師長相信歷史是活生生在我們身邊的，而不是象牙塔的學術文件而已。

我們常常到中部的山區訪問部落的耆老，了解原住民的部落跟過去與日本人戰役的口述故事傳承。

這些背景，都造就了我一個很特殊的癖好——收集故事。我喜歡訪問各種人，老兵也有，在臺灣的外國人，跟我一樣在海外有奇遇故事的臺灣人等等。

這好像是我的使命，努力去挖掘這些有趣而深具歷史意義與啟發的人事物。

　　接下來的幾篇故事，是我這幾年來，拜訪的各種有趣的人們。有在臺灣的外國人、在海外打拼的臺灣人等等。每次對談，都讓我學到很多，每個人都像一本本的書，而這座真人圖書館，深刻的影響了我的人生，也期待能對你帶來不同的想法。

世界末日時，有空喝杯咖啡嗎？

　　民國39年，雖然國民政府在中國大陸的統治早已崩潰，但是在西南省分，仍有數支支持國民黨的反共武裝勢力，他們為求生存，被迫組成的自救游擊隊，稱為「雲南反共救國軍」。

　　這支殘留在大陸、神出鬼沒的游擊武裝讓中共政權十分頭痛，1950年3月，中共軍委發出《剿滅土匪建立革命新秩序》的指示，派遣解放軍第308野戰部隊，圍剿這支游擊隊。

　　游擊隊終究不敵正規軍隊，這支最後的反共武裝，紛紛撤退到中南半島諸國。其中一支到了越南，最後離奇的成為法國傭兵，轉而對抗越共，卻在中共強力外交的壓力下，被迫依《國際公法》放下武器，從北越的萊州一路行經河內、海防、西貢等地，最後流轉到越南暹羅灣海島「富國島」，併入留越國軍的黃杰部隊，最後再撤退來臺。

　　過程中，有一位當時年僅16歲的少年曾永介，見證了這段歷史。

／在混亂局勢下的失學少年

　　認識曾伯伯也是一個機緣，系上的學弟冠佑對於老人的口述訪問很有興趣，知道我遊歷東南亞很多國家以後，跟我分享了曾伯伯的故

事。這精采故事深深吸引我，後來我們就去拜訪曾伯伯了。

曾永介伯伯於民國23年生於雲南省屏邊縣新現鄉吉咪村，靠近雲南白藥盛產地的文山。曾伯伯的村莊，是他的祖父買下的莊子，家族算是當地的鄉紳。家中許多長輩曾經在民國初年跟隨滇軍將領唐繼堯，大哥曾永祿曾擔任國民政府統治下的鎮長，二哥曾永祥則在縣政府擔任自衛大隊隊長——這樣的背景讓他的家族完全符合共產黨的「反動派」定義。

在民國34年，抗戰勝利讓全中國舉國歡騰，但共產黨的勢力已經深入雲南鄉間，開始高唱「窮人要翻身，必須要打倒地主」的宣傳論調。曾永介伯伯原本在家族創辦的小學念書，但想不到共產黨已經深入知識分子，他當時國小老師就是共產黨，學校被迫關閉，只有讀到小學五年級的曾伯伯就因此第一次輟學。

雲南是少數民族眾多的省分，當時混亂局勢下，曾伯伯率家丁兩人，代替兄長在屏邊與蒙自兩地從事趕馬營商事業，三年之間賺了不少錢。但曾伯伯內心仍感到十分空虛，下定決心要到較大的城市復學，繼續充實自己的內涵。

民國38年秋天，曾伯伯邀請堂兄永恩跟堂弟永仁，一起到縣城插班讀小學，曾伯伯如願復學，又繼續在城裡讀書上學。才讀了兩個月，這時候雲南省主席盧漢率軍叛變投共，中華民國在大陸最後一省淪陷。命運弄人，曾伯伯因此再次失學。

早在民國20年左右，曾伯伯家中長輩曾擔任國軍將領，在南京開會時得知江西當時正在鬧共產黨，共產黨專門對地主、富豪、知識分子等搞清算鬥爭。這位長輩就曾告訴曾伯伯家中：「只要共產黨成功了，我們家族一定會遭殃。」這句話讓曾伯伯一家對中共的勝利提高警覺。

／草鞋軍的反抗

民國39年春天，不放棄讀書的曾伯伯與堂兄永恩又跳級報考省立蒙自中學，兩人皆金榜題名，但是讀了一個月後，中共新政權開始清算，調查新舊政權交替間，戶口記錄有問題的可疑分子，欲清除思想背景不純者。

曾伯伯就因為戶口普查中，背景可疑而被抓去關。好在在中學校長的力保下獲得自由，因局勢危急，曾伯伯只好再次與兄長被迫中斷學業，返回山區家中。

回到家中的曾伯伯，看到的是解放軍三天兩頭就來索要軍糧，每次幾十萬斤的要，一開始曾伯伯的家族還花錢消災，最後實在給不出來，曾伯伯父親就被解放軍抓去關起來。這時候曾伯伯的家族實在忍無可忍，原本只想安穩當農民，不想捲入國共紛爭的他們，被逼上梁山，組織了鄰近村莊同樣被共產黨欺負的地主家庭，一千餘人開始武裝反抗共產黨統治。

這支武裝勢力奮力抵抗數個月，與解放軍展開游擊對抗後，在民國39年底，紅河邊上的梯田與解放軍展開決戰，然而寡不敵眾，被迫輾轉撤退到越南。

在這之前，有一件離奇的事情發生：在中越邊區的山區，一架法國軍機墜毀在雲南境內，另一支反共武裝楊國華的隊伍拯救了該員法國機師，消息傳回法軍，當時正在與胡志明激戰的法國得知雲南境內有群反共勢力，戰力十足，就邀請他們來到越南。

曾伯伯家族的游擊隊也因為這個契機，進入越南後獲得法國的支持，法軍整併了幾支來自雲南的反共游擊隊，他們換上法軍制服，成

為法國傭兵，在北越猛豐地區對抗越共。法國提供了軍事裝備，船型帽、黃毛呢軍服、長筒皮靴等等裝備，但對這些裝備不習慣的反共游擊隊，還是穿上了自己的草鞋，而這支中國雇傭兵，又因此被稱為草鞋軍。

當時的越共，大多出身農民，與正規的軍隊仍有差異。曾伯伯的中國雇傭軍曾經與越共正面交鋒，仍以寡擊眾，擊退越共。但曾伯伯在鄉間所見，卻是人民真心擁戴胡志明與越共。他認知到這是一場「民族戰爭」，越南人打法國就像中國人抗日一樣，法國最終難以得勝。打這場不屬於自己的戰爭，也讓人感到困惑。

當時，中共得知轉入中南半島的國軍勢力，其中一支正在協助法國對抗越共，就訴諸國際，以外交壓力要求法軍停止對「國民黨軍隊」的支持與利用。法國害怕中共介入越南戰事，擴大成國際戰爭，因此要求曾伯伯的軍隊撤退到北越萊州解除武裝。

在萊州省附近有一處華僑聚落，在這個村莊的華僑得知有國軍殘留部隊到來，熱情的邀請他們留下來定居，成為華僑，遠離與共產黨的戰事。家族中原本分為兩派，有一派想就留在越南成為華僑，另一派則是想繼續撤退到富國島與其他國軍會合。在猶豫中，曾伯伯的哥哥們認為一家人必須在一起，以免日後回到家鄉，無法回答自己親族在哪。最後只有曾伯伯的三叔與堂弟留下，其他人繼續轉往富國島。

／大時代下人物追求幸福的縮影

民國40年6月，曾伯伯的隊伍經過河內、海防到西貢，最後抵達富國島，那一天剛好是端午節。抵達富國島後，整個島上有許多撤退的

國軍，這些國軍被集中起來，在沒有太多物資下艱苦的生存，甚至自己蓋出了全世界最大的茅草屋，作爲禮堂，還被法國人拍下來當成明信片。

那時已經17歲，因爲戰爭而失學多年的曾伯伯，雖然被編入留越國軍憲兵隊，但想繼續念書的他再次報考了初中，進入了越南陽東中華學校初中一年級。這所學校後來被整併進入了越南流亡學校「豫衡聯中」。到了民國42年，中華民國海軍派艦艇接送這批國軍殘留部隊。

曾伯伯到了臺灣，這時候他已經19歲，輾轉來到專門收留流亡學生的員林實驗中學繼續完成初中學業。民國47年，曾伯伯報考了空軍官校，成爲42期飛行生，但或許是因爲厭倦戰爭，曾伯伯最後選擇退訓重考，進入中興大學經濟系。

曾伯伯入學一週就開始兼任家教教數學，半工半讀完成學業。畢業後，因爲在雲南跟越南的經歷，不是正式編制內的國軍經歷，曾伯伯再次服役，進入海軍服預官役，讓他成爲少數海陸空三軍都曾參與過的人。

退伍後，他回到母校員林實中擔任數學老師，原本他欲前往泰北美斯樂華僑中學任職，服務那些跟他過去一樣，因爲內戰被迫輾轉中南半島的國軍遺孤，卻因爲入境問題而不得其門而入。

這之後的人生，曾伯伯都是位數學老師，他曾在員林實中、大湖農工跟臺中家商任職。他也曾到師大進修、前往清大數學所讀書。從反共游擊隊、法國傭兵、殘留國軍到數學老師，從失學多年到一路完成大學學業、到研究所進修，曾伯伯的故事是那個大時代動盪中，人們仍努力追求幸福的故事縮影。

世界末日時，有空喝杯咖啡嗎？

　　中華民國的15個邦交國中，有9個來自拉丁美洲。全臺灣有3千餘位的拉美人在這求學、工作、生活著，在臺灣各個大專院校中，你幾乎都可以找到來自友邦的留學生們。

　　2020年10月，在輔仁大學舉辦了已經創辦7年的拉丁美洲足球賽Copa America Taiwan，來自各國組成的20支隊伍將同場競技，透過比賽，不僅能拉近在臺拉美人跟臺灣人民的距離，同時也能讓大洋彼岸的拉美諸國更認識臺灣。

　　活動的組織人是來自我國盟邦宏都拉斯、目前在臺灣工作生活的Fernando Ramos（黃賀南），已經負責籌辦這項活動數年，除了透過足球交流兩地人民情誼外，他也常投書給臺灣的《Taipei Times》跟自己祖國宏都拉斯的報紙，倡議支持臺灣參與國際組織。

　　「臺灣跟宏都拉斯有很深厚的情誼，但我們兩地的人們只知道彼此是盟邦，了解的卻不多。臺灣改變了我的生命，我覺得臺灣的好應該讓更多人知道。」Fernando在星巴克，很熱情的這樣對我說。

╱臺灣改變了我的生命

認識Fernando是因為我的好朋友、數位外交協會創辦人郭家佑介紹。一次聊天，家佑跟我說他們最近正在跟一群在臺灣的拉美人社群合作辦足球賽，這活動引起我的好奇。就繼續問了細節，才知道Fernando的精采故事，我立刻把他約出來喝咖啡，聊聊他的故事。

出生在宏都拉斯首都德古西加巴，Fernando從小就是個很特別的孩子，不像其他拉丁美洲的男孩從小就愛踢足球，Fernando一直到青少年時期才受到朋友影響，開始接觸足球。在那之前，他一直是個動漫宅男，看《七龍珠》、《海賊王》等動漫長大，希望有一天能造訪亞洲。

品學兼優的Fernando成績相當不錯，大學畢業後，他獲得了兩個海外留學的機會，一個在美國，另一個則是師大的MBA。選擇學校時，考量到臺灣的獎學金提供更優渥的條件，加上自己相當喜歡動漫，喜歡到透過動漫學會日語，於是選擇了地理跟文化與日本接近的臺灣。

2015年來臺的他說，臺灣改變了他的生命。

「臺灣人真的很友善，而且很安全，這在我的祖國其實是很難得的一件事。」

Fernando分享自己剛抵臺時，一句中文都不會講，從師大校園要到公館宿舍，原本以為手機定位就能搞定，卻仍因搞不清方向迷路。在他看著手機很迷茫的時候，一群國小的小朋友圍了上來，小朋友也不會講英文，但卻很想幫助他，知道 Fernando 要去師大後，馬上拉著他直接前往目的地。

此外，他也充分感受到臺灣人的熱情——許多陌生人看到他是外國人，都會特別關心、問候他，也會好奇地詢問他從哪來、為何來臺

灣，就連鄉里的伯伯和阿婆都會用英文跟他簡單聊上兩句，同學更常常主動提供在臺生活的協助，這些人情的關懷給了Fernando 一個不一樣的起點。

「我覺得來到臺灣以後，給我最大的轉變是我會開始關心社會議題，過去我可能只會捐錢，甚至覺得自己沒辦法影響什麼，但現在開始我也會親身去實踐，看看怎樣能帶來改變。」

／阿富汗女孩給我的啓示

而讓他更確信自己要採取行動的契機，發生在來臺留學後，一次赴印度參與的國際青年論壇。在論壇上，他聽到了許多國家的故事，也開始反思自己的人生跟價值。

「來自阿富汗的女生告訴我們他們怎樣躲避塔利班，戰爭怎樣的肆虐，許多人流離失所。伊拉克的同學講述自己逃離ISIS的恐懼，葉門的夥伴談起內戰下骨肉分離甚至人們曝屍街頭的慘劇。」這些都讓曾經以爲宏都拉斯已經是一場悲劇的Fernando受到很大震撼。

當時，來自阿富汗的女生，邀請Fernando有機會可以來阿富汗找她，Fernando馬上婉拒，「你們那裡正在戰亂，我去難道不危險嗎？」

這時阿富汗女孩卻說：「我們雖然是一個戰亂的國家，但其實統計數據上宏都拉斯的死亡率更高，你們的國家沒有戰爭，大家卻互相殘殺。來阿富汗其實比待在你的國家更安全。」

Fernando聽完頓時傻住，不知該如何回應。

阿富汗女孩說的是事實，在宏都拉斯，暴力、謀殺天天發生，人們甚至因此視死亡爲日常，甚至自嘲「該來的總是躲不掉」（When the day comes, it comes.）。

　說到這裡，Fernando拿出手機，秀出兩張照片，是他兩位摯友。在他來臺後，年僅20幾歲的他們在家鄉被槍殺。Fernando說，在宏都拉斯，大家每天都活在死亡的恐懼中。

　「其中一位是因爲有人想要偷他的車不成，就被對方憤而開槍射殺；另一位則是出了車禍，撞到別人的車，已經表明願意賠償，卻也被當街槍擊。」講到兩個摯友，就因爲這樣的小事離開人世，Fernando不禁哽咽起來。

　「他們都是非常優秀聰明的年輕人，卻因爲這種事情喪命，在宏都拉斯，人命不值錢，子彈才幾十塊，很多人死得莫名其妙，過去我只想離開那裡，但經過那次論壇，我覺得我應該做些什麼。」Fernando這樣說到。

／透過教育改變環境是善的循環

　就這樣，在臺灣工作的Fernando也開始關注家鄉的教育議題。

　「不用害怕別人會傷害自己，這其實是一件很幸福的事情。」他開始反思宏都拉斯犯罪率高居不下的原因，並發現教育是關鍵。

　「我們很多新聞上報導那些搶劫犯或竊盜，而他們會這樣也是因爲環境所迫，因爲他們沒有辦法找到正當工作，爲了養家只好犯罪。」Fernando認爲要改變，最好的方法就是透過教育，當人們有技能，有素養，就不用被迫透過傷害他人而讓自己有機會活下去。

　爲此，他開始協助許多NGO展開專案。他自認運氣很好，有機會到海外留學，展開不同的人生，但宏都拉斯的許多孩子連完善的教育都

得不到。因此他的目標,是希望可以在家鄉蓋一間公寓,讓偏遠地區的孩子可以安心地在首都就學。「那個概念就很像獎學金,不過不是給錢,而是給居住空間。」

他解釋,許多孩子沒辦法受到好的教育,一大部分原因是首都的房租太貴,如果能幫孩子解決這問題,他們就能透過教育改變人生。而當他們能夠在社會在立足,再來回饋到這個社群中,形成一個良善循環的生態系。

心繫著家鄉,期待能帶來正面影響與改變的Fernando,卻也有個臺灣夢。

「我希望有一天我可以成為臺灣人,成為兩地的橋樑,臺灣是一個很棒的國家,人民友善熱情,在很多領域創下奇蹟,臺灣人民有世界最好的醫療保障,也有先進的科技產業體系。」

「宏都拉斯也有同樣熱情勤奮的人民,豐富的自然資源,我相信透過跟臺灣學習,有一天我的祖國也能改變,成為一個人們不再恐懼的國家。就像臺灣也曾經是從獨裁戒嚴的農業社會走過一樣。」

而想要完成這步,Fernando希望家鄉乃至於拉丁美洲,能有更多人認識臺灣,同時也讓更多臺灣人知道他家鄉的美好。他相信兩地更多民間的交流,可以帶來正向的循環。

世界末日時，有空喝杯咖啡嗎？

　　在雲南與中南半島諸國的邊界，自古就有一群人，住在高山峻嶺，萬仞峭壁上的棧道與羊腸小徑間，穿越山林，渡過險江，千里跋涉，以馱馬群運送貨物，從事商貿，他們就是「雲南馬幫」。

　　雲南馬幫在清朝開始最興盛，直到抗戰時期，更因為日軍掌握了東南沿海的對外港口，而成為中國大後方補給的支柱。直到滇緬公路開通，改由汽車運輸，馬幫才功成身退。然而，馬幫的後人在抗戰結束、國共內戰國民黨潰敗後，許多成為繼續支持國民黨的反共復國軍，因此常常被中共汙衊為土匪。

╱多語言教育的緬甸華僑

　　來自緬甸的簡明有老伯的家族從祖父開始，就與馬幫合作，往來雲南與緬甸做生意。到父親一輩，開始在緬甸密支那置產，母親則是留在雲南，父親在中國與緬甸兩地奔波。民國34年，抗戰勝利，簡明有老伯的家族正式遷居到緬甸密支那，住在一個克欽族與傣族混雜的村子中。

　　我們去拜訪簡明有老伯伯的時候是個風和日麗的週末午後，約在南

勢角附近的麥當勞，聽說那裡至今很多從東南亞來臺的緬甸華僑。

1948年，緬甸獨立，那一年簡明有伯伯在緬甸出生。簡伯伯從小住在山區，身邊朋友都是克欽人，因此能講克欽話。克欽族是緬甸的少數民族，受到西方傳教影響，主要信仰基督教，使用拉丁字母。因為語言文化都與緬甸主流的緬甸族不同，自緬甸獨立以來就爭取獨立，組織了克欽反抗軍，到今天仍與政府軍有零星衝突。

簡伯伯原本在村子裡讀緬文小學到了12歲，因著邊區反抗軍與政府軍對抗，他們遷居到市區，進入當地由孫立人將軍創立的華校「育成學校」，讀的是臺灣送來的教材，學校中高掛中華民國國旗。到了中學時，簡伯伯到了仰光就讀華僑中正中學。而在就讀華校之前，簡伯伯會講雲南家鄉話、克欽話與傣話，這樣多語言的背景成為他之後生涯的重要基底。

那個時候，海外的華僑學校也分為支持國民黨的右派以及支持中共的左派，兩派華人壁壘分明，在右派學校穿著的是類似臺灣早期的卡其色制服，至於左派學校，則是穿著藍色褲子與白色襯衫，文革時期還綁上紅色領巾。

當時緬甸支持國民黨的華校，使用來自臺灣的教材，與親共的左派學校勢不兩立。在仰光這兩派的華人學生碰頭，往往還會打起來。那個年代，在緬甸仰光，不同的華人社群高舉著不同旗幟，可以看到青天白日與五星紅旗在各自的社群中高掛的奇特現象。

到了1960年代，中國文革氣氛醞釀起來，這股風氣也蔓延到海外的左派華僑學校，在這些左派學校中，許多的學生開始戴起毛澤東徽章，誦讀毛澤東語錄，這讓當時在位的尼溫將軍感到芒刺在背，也開始鎮壓親中共的緬甸共產黨，1964年華校開始被禁止，華語文教學只

能轉入佛堂延續。而緬甸左派華人學生呼應文革的暴動，最後引起緬甸政府不滿與當地人民猜疑，轉而變成許多排華的情事。

／因排華運動而入獄的父子

左派在非共產黨的尼溫將軍統治下，開始大搞「國有化」，許多私人產業都被收歸國有，致使緬甸經濟嚴重衰退，遠比英國統治時期遜色。而尼溫以緬族至上主義統治緬甸，所有政府官員都是緬族軍人出身，導致了邊疆許多地方武裝反抗中央政府，爭取獨立。

當時由於尼溫將軍的獨裁統治、鎖國政策，緬甸華人如果離開緬甸，將不能再返回，因此，在那時候如果華人子弟前往臺灣留學讀書，如同經歷一場生離死別。這樣的時代背景，讓已經錄取政大「邊疆系」的簡伯伯，在家人反對下，被迫留在緬甸。

母親當時甚至怕他偷跑，而藏起了他的護照，也因為對當時家人阻止來臺就學，感到十分可惜，仍想出外闖闖的簡伯伯，在19歲的年紀，離家出走前往泰北華校教書，之後又轉往寮國的永珍，進入當地華僑學校教書。那個時代，各國的邊境看守不嚴，也不需要護照，打個招呼就能穿越國界。

在寮國與泰國的僑校教書一年多後，簡伯伯的母親害怕他偷偷跑去臺灣，把在外闖蕩的簡伯伯叫回密支那讀大學，大二時，他又轉入仰光大學就讀緬文系。剛上大學時，受到中國文革越演越烈影響，左派華校開始暴動，緬甸開始有更多排華運動，但是左右分明的華校，右派的影響較小。

但緬甸政府卻也十分堤防右派華人，右派的華僑領袖，更會在中共

高層來訪緬甸時，因政府害怕其有組織暗殺中共高層的行動，而被監禁起來，直到中共高層離開，才再放出來。

「我與我爸爸三次被拘留，每次出獄，華僑舞獅、送紅彩帶歡迎，而我們父子也僅僅是教員而已。」簡伯伯說道。

╱搬遷台灣，成就多語公關

1970年，簡伯伯大學畢業後，進入緬甸軍部的運輸部隊，運輸部隊有華人跟許多少數民族，這時候精通中英緬三語，加上會克欽與傣語這些少數民族語言的簡伯伯，成為重要的溝通媒介，被委與重任成為軍官。

談起自己有興趣的語言，簡伯伯開心的說：「傣語就跟泰語還有寮語有親戚關係，文字也相似；而克欽語則是用羅馬拼音，是西方傳教士帶來的，我到今天都能大概念出許多同樣用羅馬拼音的文字，像原住民語，就是會念不知道意思。」

這樣多語言的背景，讓他一路高升，在緬甸軍部有非常好的發展。中共領導人訪問緬甸時，簡伯伯還在兩國元首間擔任翻譯。但也因為當時兩岸的緊張對峙，讓無辜的海外華僑也捲入其中。簡伯伯因為政治立場，曾經與來緬統戰的中共人員起過爭執。後來中共與他老家的反抗軍談判，利益輸送下，當地一些右派華人領袖被綁架回中國。知道這些事情後的簡伯伯，深恐自己也遭遇不測，於是全家搬來臺灣。

到了臺灣以後，簡伯伯先是擔任教育部的外聘人員，負責東南亞僑生的來臺入申請審核。1984年考上高考，成為正式公務員，在僑委會的函授學校擔任華語教師，用函授方式教導許多在海外地區的華僑子

弟。學生從美國、加拿大，到南美洲都有。同時，他也協助撰寫臺灣最早期的漢緬教材，當時的臺灣沒有地方可以打出緬文，他還特地飛回仰光找出版社打字。

過去，在圓山飯店附近的「中央廣播電臺」會使用泰語、越南語、緬甸語、印尼語與英語進行對海外的廣播。簡伯伯當時就曾進入擔任緬文編輯，可惜這個緬語廣播因為臺緬雙邊關係不好，沒有成效而3年就停播了。

在教育部待了3年的簡伯伯，因為教育部想要派他到去馬來西亞負責僑教，早就已經走遍東南亞的不想在遠離家人，便選擇轉入當時隸屬教育部的「國父紀念館」。原先負責總務工作，但是國父紀念館館長發現簡伯伯出眾的外語跟涉外經歷，就邀請他做公關。

之後的24年，簡伯伯在臺灣都是公務員，負責外賓的接待。他很自豪地告訴我們：「我接待過的人可多了，聯合報曾邀請柯林頓、柴契爾夫人、戈巴契夫來國父紀念館，他們都是下臺以後才來的。四川、湖北等8位大陸省長，上海市長、國務院副總理、中央黨校校長、周恩來的姪女我都接待過。我下面的迎賓小姐，韓語、日語、英語等等都會說。」

來臺灣以後的簡伯伯，仍對家鄉緬甸有很深的情感。他曾多次帶領臺商前往緬甸考察，也協助中央研究院與緬甸學術機構洽談合作，幫助許多學者得到當年翁山將軍在臺灣受日本培訓的資料。此外，聯合國亞洲氣候與人權會議，簡伯伯也曾代表臺灣出席。

這當中有一件事情讓簡伯伯特別自豪，他有次在香港遇到了過去在緬甸軍部的老長官，老長官經過多年已經身居高位，當時臺緬還沒有直飛航班，簡伯伯告訴這位緬甸高層，臺灣許多企業想要到緬甸做生

意，開放對兩國都有好處。想不到這樣的會談，意外讓這位緬甸高層回國後報告評估，不久後兩國就通航。

談起同樣今天的緬甸，簡伯伯覺得緬甸無論在經濟、政治等各層面的發展越來越好，雖然還是有很多政治問題待解決。比如中央政府與少數民族至今仍有武裝衝突，各民族反抗軍在山區與邊區活動，成為半獨立狀態，也成為緬甸未來發展的不穩定因素。

另外，羅興亞問題也成為緬甸躍上國際舞臺的議題，簡伯伯以緬甸人的立場認為，羅興亞人實質上是來自孟加拉的非法移民，宗教、種族都與緬甸當地人有極大差異，國際間的不了解也造成今日問題。他也認為，翁山蘇姬面對的是多年來的結構性問題，剛執政不久在許多盤根錯節的勢力環繞下，很難全面掌控緬甸政局。這些深入的見解，都讓我們有了不一樣的眼光看世界。

現在住在中和區的簡伯伯，常常到有緬甸街之稱的華興街吃飯、喝茶聊天。在那裡有數千位像他一樣的緬甸華僑移民。他說，除了華興街外，桃園市跟南投、花蓮，也有許多來自中南半島各國的華僑社群。這些社群在臺灣人數多達數萬，形成臺灣多元文化重要的一環。

在臺灣有許多跟簡伯伯一樣，就在我們身邊，卻有著傳奇一般，可以搬上電影的精采故事。下次有機會也問問身邊不同背景的朋友們，說不定也能有意想不到的收穫。

每一個人都像一本書，背後的故事都值得我們細細閱讀，只要願意了解，都能讓我們收穫良多。

　　20多年前的夏天，胡志明市阮氏明開的街道上，兩旁有許多的舊書攤，一位亞洲面孔的外國人，正在「地毯式」的尋訪每一家舊書店。他原本只是想找中文書籍，卻意外在當地發現一種線裝的漢文古籍，好奇心驅使之下，竟花光手上所有的錢，買下了這些舊書。

　　舊書店的店主們都記得這個人，但不知道他是新加坡人、臺灣人還是海外越僑。光是一天，他就收購了200多本漢籍古書。

　　這個人就是臺灣知名的越南文物收藏家、「許燦煌文庫」的創辦人許燦煌。許燦煌文庫收藏了3,000多件的越南漢文文書，包括了越南皇帝的奏折、民間契約、中文報紙等，以及數千本各式越南版漢文古今書籍。在中國、越南以及美國的許多東南亞研究專家，都紛紛跨海接觸許燦煌，希望能一窺他的豐富收藏，而歷史系出身的我也早就耳聞燦煌大哥的故事，一次回臺中於有空去拜訪他。

／與超商合作開啓美妝事業

　　許燦煌在1990年代，還沒有「舊南向政策」時，就因爲在臺灣經商失利，爲了東山再起而帶著2,000塊美金，隻身前往越南。起初他不會

越文，在西貢待了6個月，他到處深入民間考察，開始做起了日本化妝品的事業。

「那時候在越南的化妝品市場，高階化妝品以歐美為主，中階則是臺灣、泰國印尼之類，低階的則是中國進口。我發現了日本的化妝品還沒被引進越南，而日本的化妝品對我們黃種人又更適合，所以開始引入日本化妝品。」許燦煌說。

許燦煌一開始在濱城市場（Chợ Bến Thành）與大盤商合作，從臺灣引進日本化妝品，再批量賣給盤商，但是這樣的付款周期長達數十天，沒辦法日日見財，看不到現金收入，而有資金周轉風險的情況，讓許燦煌思考新的經營模式。

在那個年代，剛好越南開始有本土的超市，許燦煌就跟新開幕的Maximart洽談開設專櫃，展開了他的美妝事業。隨著越南經濟不斷成長，跟合作夥伴的越南本土連鎖超市不斷擴張，許燦煌的事業也持續蒸蒸日上。

╱巧遇舊書攤看見古籍價值

當整個事業進入正軌，不喜歡流連聲色場所的許燦煌，開始想讀讀中文書籍，作為繁忙生活的消遣與調劑。

一次，在阮氏明開的舊書攤，他只是單純想找中文書籍，卻意外發現在越南有許多的線裝漢文古籍。學生時代曾在臺北讀書的許燦煌，回憶起曾在牯嶺街看到線裝書的買賣，一本線裝書在民國60年代的價碼可以達3,000臺幣，而當時臺灣人一個月薪水也才6,000臺幣──許燦煌本著商人的嗅覺，看到了這些古籍的價值。

起初，他倒不是從歷史保存面向，理解這些古籍對後代的意義，而只是想買回臺灣再轉手賣一筆。所以，他才會一天就花光身上的錢，把舊書街上的漢文古籍通通收購，買了200多本。

　　隔天，舊書攤的老闆娘又來電，說有一批貨想給許燦煌看看。到場以後，許燦煌看到一疊「奏摺」像舊報紙一樣被包裹起來。他翻閱了一下，看到了「嗣德」這個年號，回想起自己讀過的歷史，完全對這樣的年號沒印象，當時也不了解越南歷史的許燦煌，就問了老闆娘這些是哪裡來的。

　　「這些是我們越南的。」但看不懂漢文的老闆娘，卻也不能進一步解釋，她隨口就跟許燦煌開價要賣1萬5千美金。這讓許燦煌實著嚇了一跳——在20年前，這筆錢是可以在胡志明市買個透天厝的。許燦煌看到這破破爛爛的文書，心裡還想著：「這老闆娘是不是神經病想騙錢？」

　　他也就回老闆娘，自己沒有這麼多錢，老闆娘說：「不然你開個價吧！」許燦煌就賭賭運氣，把自己有的現金3,000美金投下去。心想，如果是真的，那說不定轉手還能賺筆錢，如果是假的，那就認賠學個教訓也好。

　　意外的是，老闆娘很阿莎力的答應，許燦煌付了訂金，就抱著這疊也不知道是什麼的東西回去。

　　想不到隔天，這個老闆娘就急急忙忙打來，要求加價1,000美金買回。但有生意人頭腦的許燦煌，當下也嗅出事有蹊翹，立刻拒絕了老闆娘提議。

　　這時老闆娘緊張下竟然不斷加價，加到1萬2千美金，許燦煌終於忍不住，告訴老闆娘東西已經送離越南，反過來問為什麼才過一天，老闆娘態度從積極推銷轉變到不計代價要買回去。

／從商人成為文化保存收藏者

　　老闆娘才娓娓道來，原來有一位胡志明國家大學的校長，曾經用1,500美金求購這些古文書，老闆娘想起許燦煌曾經大量收購過漢文書，就也致電向他推薦。想不到許燦煌出價高一倍，就傻乎乎賣了出去。這位校長隔天知道「國寶」被賣給外國人，震驚之下要求老闆娘不論花多少都要買回來。

　　許燦煌這才知道自己買到了重要的古代文書，這些漢文對受過文言文教育的臺灣人並不難懂，能夠從字面上看出是許多越南皇帝的奏折批文。

　　帶著這批古文書返臺的許燦煌，帶著一家人就到了故宮博物院，向研究人員詢問這些寶貝的真偽跟價值。

　　「許先生，這些全部都是真的，真的非常珍貴，這些就是越南的聖旨。」知道自己撿到寶貝的許燦煌十分驚喜，但研究人員的下一句話卻讓他失望，「可是很抱歉，故宮是不收藏本國以外的文物的。這批檔案還是只能請您自己收藏，如果想深入研究，可以到我們博物院的圖書館申請借閱善本書研究。」

　　這回覆讓許燦煌當下十分錯愕，這些明明是非常有價值的歷史文物，卻因為政策狹隘的規定被拒之門外。當下許燦煌突然有個念頭：「如果政府不願意做，那就我來做吧！」他立刻到了故宮的圖書館研究起越南漢文獻。那個當下，他從一位想轉手賣一筆賺錢的商人，開始轉念成為想保存文化的收藏家與研究者。

　　就這樣，許燦煌開始在開拓各地事業版圖之餘，也走遍了越南的大江南北，尋找失落的越南當地漢文古文書。就像好萊塢尋寶電影一

樣，許燦煌收集文物的故事，每一個都十分精采。有跟三輪車伕聊天得知的、也有看到鄉下阿嬤在切菜，砧板長得奇怪，翻過來看竟然是有500年歷史的越南始祖「三頭九尾」的雛龍君的印刷木模板。

有一次，他在鄉間發現一家有收藏越南皇帝聖旨的家庭，詢問收購事宜，卻被臨時反悔。原來這個聖旨曾經拯救過家族的性命，越戰時韓國派遣軍在鄉間要剿共，被誤認為是越共的這家人，拿出了漢文的聖旨，證明自己不是越共，是越南舊王朝的人。當時還能讀懂漢文的韓國士兵，看到這是皇帝的聖旨，就放過這家人。

然而不同於一般的古文物買賣想轉手獲利，單純想保存文化的許燦煌，在收藏的這條路也是走得很艱辛，幾乎把賺的錢都投進去了、也曾經多次想要放棄，但是想到自己這樣有系統的收藏，對越南歷史保存跟重新建構有重要的價值，就繼續努力尋訪各地，也不在乎過程的勞累跟付出。

「越南從漢字轉換為羅馬字後，許多文化出現斷層，現在的越南人就算手邊有重要的文物，也很難知道其重要價值。許多寶貝就這樣被埋沒甚至遺失，這是非常可惜的。」許燦煌解釋。

而這個過程中，也讓許燦煌認識了許多越南民間友人。越南深受儒家文化影響，對讀書人十分敬重，當許多越南人知道許燦煌在研究越南古代文獻，奔波各地就為了保存越南歷史文化，除了對這位臺灣人做的努力感到意外之外，也積極的提供協助。

許多越南鄉親也很樂意把文物交給許燦煌，因為深知他是會好好傳承跟保護這些物件的人。「我們都覺得，他已經是個越南人了。」許多許燦煌的越南朋友都這樣說。

許燦煌原本是個單純的商人，透過這樣如同天命安排般的機緣，投

入越南文化保存，透過實地踏遍越南土地的每個角落，用人與人之間的連結，親身找尋每一片拼起越南歷史的拼圖。同時，許燦煌也不吝對外分享這些20年來的研究與收藏心得，即便是大學生來訪，他也都會抽出時間耐心的解說、分享。

╱搭起臺越文化橋樑的建築師

談到近年來很火熱的新南向政策，已經經營越南當地20多年消費市場、同時走遍越南每個角落收集文物的許燦煌認為，一定要擺脫過去只想掠奪資源的角度，反過來思考我們可以給這片土地留下什麼，帶來怎樣的價值。

「我們在當地不能只想到他們現在需要什麼，就給什麼，要做到更高的價值，我們要想到未來。我覺得人的需求可以分為『三生』：生存、生活，跟追尋生命價值。起初人們只求溫飽，有了溫飽以後就會開始追求品質，最終則是尋找更高的層次。而我們做越南文化研究跟保存，就是讓越南的民眾生活富足後，回首也能了解自己的文化。」

許燦煌認為，南向想要成功，就一定要真心的了解跟欣賞當地的歷史文化。他用自己20幾年的人生歷程，親身實踐越南的文化保存，從一位單純競利的臺商，到搭建起越南古今橋樑的「文化建築師」，為臺灣跟越南都留下了無限的寶藏。

他的故事實在是臺灣人在世界，不同凡響的典範。期待在許燦煌的開創下，未來臺灣青年能在世界各地，成為更多的「許燦煌」。

在德里附近的古爾岡（Gurugram），是印度著名的IT重鎮。一位年輕的臺灣青年從當地宿舍中走出來，搭上接駁車後，不久路面頓時變成坑坑巴巴的黃土泥沙。

在印度夏天超過40度的艷陽照耀下，這位青年走進公司，開始到會議室中主持會議，但主持到一半，突然整棟辦公大樓停電──這樣的情況，一天大概會發生5、6次。

這是許詮2019年派駐印度時的日常，猶如拓荒者般深入異境。但不同於許多臺廠青年幹部於製造業服務，許詮當時卻是在中國最大電子商務集團阿里巴巴旗下，負責整個印度區的商務開發──那時他才29歲，年收入破新臺幣700萬。

／在教會培養出領導能力

許詮跟我同年，一次我一位好朋友傳訊息給我，那是許詮幾年前的報導，談他在海外的管理經驗。朋友說，我覺得這個人跟你很像，在海外工作而且也經營社群。我看完以後發現，自己真的差許詮太多，完全不能相提並論。

由於很敬佩許詮，就主動跟他在網路上聯繫，想不到一聯繫發現，我們兩個竟然同國小同國中，只是一直在不同班。甚至有許多共同的朋友，世界真的是太小了。

沒有特殊的家庭背景，許詮跟多數人一樣出身在普通家庭。不過父母都是虔誠基督徒的他，從小受的家教非常嚴格，小學時不是讀書就是練小提琴，甚至去雲門舞集學過芭蕾舞。

沒有其他小朋友的卡通、電動童年，許詮認為自己的童年可以說滿壓抑的。所幸當時他發現自己在演說方面的長才，常常在校內外的演講比賽獲得佳績；到了國中，這個興趣轉化為朗讀和田徑運動。他謙稱自己少年時沒有什麼亮點，就靠這些才藝獲得關注。

然而，出身教會家庭，他每個周末都會泡在教會裡，並活躍於教會的唱詩班、弦樂團中。這特殊的機緣，也讓他從小就有機會培養出領導力。

小學時他就是團契中的領導者，中學時更擔任團契主席，要負責帶領上百人的青少年團契，並組織各種教會的活動——這種普通人通常要到大學才有機會接觸的社團領導訓練，許詮卻從小就開始練習。

許詮笑稱，自己在中學時就開始「經營社群」。

進入成功高中後，許詮加入了辯論社，也在熱音社中打鼓，同時繼續擔任團契的領導人物。在這過程中，他開始有了一種想要「改變社會」的抱負，並因為看到許多律師電影中，主角伸張正義的場景，讓他開始嚮往法律系的大學生涯。

如願進入政大法律系後，許詮又對公眾議題產生興趣，參加過學運，更對「改變世界」充滿熱情。他大三時跟幾個朋友一起組成團隊，籌畫參與學生會長選舉，由他擔任競選總幹事，最後真的當選。他進

而成爲政大學生會的公關部長，開始代表學生會對外洽談種種合作。

在大學「瘋選舉、瘋活動」的過程中，許詮卻逐漸發現自己其實不是真的熱愛法律、甚至也不喜歡政治，反而更喜歡公關行銷領域。因爲他認爲，「行銷」也可以影響一整個世代的人。就這樣，大三時他跟父母深談，告訴他們自己的熱情所在，希望父母給自己半年的空間闖闖，看能不能做出些成績。

當然，一開始父母不大能接受許詮都已念到名校法律系，卻不想走這個領域。但許詮也證明了自己的興趣，可以發揮更高的價值。當時的他，開始積極投履歷應徵各種實習計畫，如願進入公關公司實習，並獲選Google第一屆校園大使。他在校內，也去廣告系旁聽課程、請教老師。

畢業後，許詮進入了三星擔任儲備幹部。在行銷組中，開始負責當時三星相機產品線的行銷──因爲這在當時屬於開拓類型的產品，甚至只有許詮一人在團隊裡，反讓具有韌性且努力的他，在短短時間內快速成長，能夠獨當一面，一個人與代理商決策行銷方案。甚至，他在23歲時，手上的專案就獲得了《數位時代》的年度行銷首獎。

後來，他轉到手機部門，負責三星的主力產品。許詮也因此玩遍了各式各樣的行銷工具，從廣告、節目置入、明星代言等等，學會了十八般武藝。

／組織新生代網路圈社群

此時的許詮，在職場上已可說是「年少有成」，但他卻不以此爲滿足，並在這時候發現了一個趨勢：那就是（科技業）硬體的毛利較低、

軟體更有無限的可能。當時適逢LINE剛進入臺灣設置辦公室，許詮就轉而加入當時僅有20人左右的LINE臺灣團隊。

在LINE臺灣團隊中，他擔任業務的角色——從過去代表「甲方」品牌端經營代理商關係，轉變爲要去尋找合作廠商的「乙方」。許詮一下轉換到「食物鏈的另一端」，才發現因爲年輕所可能遇到的阻礙。

但從小經營社團的經驗，讓他知道「團結力量大」，於是許詮萌生組織一個屬於新世代的網路圈社群的概念，大家可以互相交流學習產業知識，建立人脈。就這樣，他每週都跟幾位好友邀請業內夥伴聚會，過了一年，正式成立了XChange這個互聯網領域的人才加速器。

在職場上，許詮也開始從業務轉爲商業開發，不同於業務多半在「跑客戶」，商業開發是更前期的布局，要自己拼湊出還未被發掘的商業模式。他自告奮勇擔任「LINE生活圈」的產品商業開發，並在半年的時間內引進上萬家廠家加入LINE@，遠遠超過KPI。

而在到處出差到海外談生意的過程中，他也發現海外舞臺不僅是更大的市場、更充滿了機遇與可能性。於是之後他轉職到雪豹科技——這個如今已是全世界第三大的APP廠商，當時也剛在臺灣設立辦公室而已。

許詮靠著自己的拼勁跟創意，在新職務中開發出許多不同可能，更獲選爲最佳員工。當時他才25歲，已經當到了商務開發資深經理，他卻發現職涯似乎已經到了一個難以突破的瓶頸。

就這樣，他選擇走向世界，評估了全球經濟發展的可能性後，他看到了東南亞市場的潛力，進入了阿里巴巴擔任印尼和印度的商業開發資深經理，隔年因表現優異又再晉升。後來，他以不到30歲的年紀，擔任阿里巴巴旗下東南亞第一大電商品牌Lazada的副總。傳奇般的職

涯成長故事，著實激勵人心。

更重要的是，這時，他當初秉持著利他共贏、提攜後進的XChange
規模也越來越大，開設了海外分社，在東京、雅加達、北京等大城市
有了據點。讓在海外的互聯網產業人才可以互通有無，成為臺灣網路
產業的人才加速器。許詮也一路從雅加達、德里再到曼谷，走遍了新
南向各國一圈。

╱千萬不要輸在只會努力

這一路走來，許詮發現臺灣青年不會沒有競爭力，尤其踏實肯拚的
態度，更是優勢之一。然而努力雖然很重要，卻也要「聰明的努力」，
千萬不要「輸在只會努力」──要試著把眼界拉寬拉高，去了解世界的
無限可能與廣大。

許詮認為，職涯中最重要的是先找到屬於自己的目標，也就是定位
好自己，再回頭看這目標與起點的距離，找到最佳解。埋頭努力的同
時，也需要抬頭看路──與其覺得自己懷才不遇，沒有遇到伯樂，不
如成為自己的伯樂，廣交朋友，勇敢找到出路。

許詮回首這近10年的職涯，他認為自己運氣很好的在工作中不斷發
現「趨勢」，從行銷、業務到商務開發，從實體的3C產品到線上的應用
產品，許詮認為瞭解市場，是成功職涯的重要利基。

他也把這幾年的心得，寫成了一本《別輸在只知道努力：任職三星、
LINE、阿里巴巴頂尖公司，90後外商副總教你打破年薪天花板》，期
待用自己的故事，鼓勵每個年輕人更勇敢與積極地，尋找屬於自己的
無限可能。

世界末日時，有空喝杯咖啡嗎

在國父紀念館旁的AN Coffee，店內陳設很不一樣，有將近10幅的油畫掛在牆上，從外路過，還會誤以爲這是一間畫廊。這些畫的創作者，就是這家店的經營者鍾敦浩老師，鍾敦浩是臺灣知名的畫家，專攻油畫。鍾敦浩穿著白色素T跟短褲，很輕鬆的打扮，熱情迎接我的到來。

之前聽家中長輩說，他是臺灣首位畢業自歐洲知名美術學院俄羅斯聖彼得堡列賓美院的學生，其作品在學生時代就受到許多國際收藏機構的關注，留俄國時期的歷史畫作《新移民》被俄國知名美術館「皇家美術學院博物館」收藏，創下臺灣畫家被該博物館收藏的首例。

這麼酷的經歷，讓我決定一定要跟這位大師聊聊，就這樣促成這次的拜訪。

╱去俄國把創作方法帶回來

在臺北長大的鍾敦浩，媽媽是老師，外公則曾經在部隊中擔任繪畫師，也讓他耳濡目染，從小開始學習中國傳統的水墨畫。一開始，這只是個興趣而已。到了升高中時，原本父親還希望他能報考軍校，但

媽媽看見了他的藝術天分，鼓勵他報考復興美工，鍾敦浩於是踏入了專業的藝術領域。

復興美工畢業後，鍾敦浩直接進入軍旅生涯，退伍後原本想要繼續考大學美術系，無奈兩次落榜，遂轉而經營畫室，教授繪畫。在他的繪畫生涯中，受到恩師知名畫家冉茂芹影響很深，也讓他開始對俄國巡迴展覽畫派（Peredvizhniki）產生很深的興趣。

到20幾歲時，鍾敦浩想要再赴歐洲學習更深刻的繪畫心法，綜觀歐洲諸國，較晚開放的俄國仍保存許多藝術的傳統，與他的目標相合。就這樣他最後選擇了赴俄留學，在1999年、27歲時前往俄國聖彼得堡列賓美院，一句俄語都不會的他，從大一開始讀起。

1999年，俄羅斯前總統葉爾欽剛下臺，俄國仍深陷蘇聯解體以後的經濟困境，人民擠爆銀行擠兌貨幣，政治也十分不穩，車臣叛軍發起許多恐怖攻擊行動。前往俄國前，鍾敦浩甚至已經寫好遺書，告訴自己除非學校倒閉、發生戰亂，或者家人有變故，不然一定要堅持學業，不輕易放棄離開。

準備出發前往俄羅斯前，鍾敦浩的恩師冉茂芹勉勵他，要去俄國把創作的「方法」帶回臺灣，引導臺灣有志創作的同好，真正的了解、體會乃至於執行繪畫藝術的創作，這個期許深深影響了鍾敦浩。

就這樣，他踏上前往俄國的旅程，因為不放心俄國不穩的經濟，鍾敦浩索性帶著所有的生活費跟學費，加上厚重的行李，幾十公斤直接前往聖彼得堡。至今回想起來，他仍對於自己通過海關沒被攔下覺得不可思議。

抵達聖彼得堡，他看到的是秋天的蕭瑟，眼前的一切景象都像上了一層濾鏡，灰濛濛的，沒有陽光，也感受不到希望跟期待，寒冷的空

氣就往臉上刺來。快30歲才出國留學，從大一開始念，前途看起來不明朗，但他仍心懷期待。

這當中他看到許多人的故事很是感動。其中一位同學，原本在紐約念書，卻得到癌症，因爲化療，頭髮都掉光了，仍念念不忘曾看到的俄國學生的畫作，最後選擇來俄國留學。聽聞身邊人的這些故事，他感到人生眞的沒有什麼好抱怨的，很多我們認爲理所當然的，都是別人用「一生懸命」的努力爭取來的，活著，本身就值得慶祝。

在俄國的這些日子，鍾敦浩沒有遇到很多留學生會遇到的文化衝擊，反而像解脫束縛一樣。他發現西方的藝術教育更著重在「心」，而非單純技法等外在事物。

在俄國7年多，學習歷程終於告一段落後，學校的老師卻紛紛詢問他，有沒有興趣留下來繼續攻讀博士班，期待他能留在學校任教。而聖彼得堡列賓美術學院300年來，還沒有一位外籍教師；然而，鍾敦皓還是選擇回到臺灣。

╱回臺開辦畫室，引導學生自己找答案

有趣的是，待在寒冷俄國多年的鍾敦浩，初返臺灣時因不適應島嶼炎熱的氣候，反而又買了機票回俄多住一個月，直到2006年3月才正式返回臺灣。這時有畫廊連絡上他，希望可以長期合作。畫廊老闆說：「你的作品雖有美術館等級，卻不大適合畫廊。」鍾敦浩對這個評價感到很疑惑，但畫廊老闆還是邀請他簽約，並願意給他一大筆錢，讓他專心作畫。

面對這樣的大好機會，鍾敦浩卻婉拒了，因爲他不喜歡被金錢綁

架，想要創作自己喜歡的東西，而不是迎合市場的商品。不爲錢而畫，也成爲他往後生涯的重要指標。鍾敦浩說他剛回臺灣時，推掉很多條件很好的合作機會，但他從來不後悔。唯有這樣，他才能在創作上不斷精進，推到新高度，讓作品忠實地展現自己。

回臺灣後，鍾敦浩也在北中南開辦畫室，教導許多學生。面對教學，他很謙虛地說，他的教學都是與學生碰撞後摸索而來的，他認爲繪畫不是一套套步驟跟流程讓學生執行，不只談技法，更要談心態，他喜歡引導一個方向，讓學生自己找答案。

人生也是，他發現臺灣在乎速成跟規範畫的教育方式，往往扼殺了許多創造力，如果一個社會單單以經濟跟效率作爲導向，那學生在學習的時候也會講求速成，反而會只注重結果，而失去對過程中的關照，文化跟藝術的可能性也會減少。

／勇敢做自己的主人

在人生的道路上，鍾敦浩回憶起當時，祖父母跟父親都不贊同讓他往藝術領域發展，認爲這個領域比較難有好的收入，甚至可能養不活自己。而擔任國小老師的媽媽獨排眾議，看到了他的可能性。

雖然鍾敦浩從小就被稱讚很有天分，但他認爲，天分這兩個字根本的意涵應該是基於熱情跟興趣，讓人能願意不斷堅持。要有興趣跟堅持，天分才有可能發光，而努力才是這一切的根本。所以與其說天分，不如思考怎樣做對的選擇跟努力。

鍾敦浩勉勵年輕讀者：「其實現在在臺灣很難『真的（因爲找不到工作而）餓死』，我們的教育體系太容易活在別人的期待下，或者社會認爲

怎樣好，大家就都往那方向走。但人生是自己的，最終也要面對自己的人生。所以勇敢做自己生命的主人吧，這樣才能找到真正屬於自己的自由。」

世界末日時，有空喝杯咖啡嗎？

　　隨著新南向政策幾年的推動下，臺灣越來越多的年輕學子開始學習東南亞語言。在臺中的中國醫藥大學的泰語課堂中，一位很年輕的女老師正在教學生泰語發音，流利且幾乎沒有口音的中文，讓人很難相信她其實不是華人。而她分享泰國在地文化時，幽默風趣的內容，更常常逗得同學哈哈大笑──這一位深受學生們喜愛的泰語老師，就是梁娜莎（Natcha Lueangrueang）。

　　跟娜莎認識，可以說是不打不相識。一次我參加一場中部地區舉辦的東南亞活動，我分享到我去過寮國、泰國，這兩地文化風俗很像，還有我在泰國東北部的一些見聞。結果娜莎舉手直接告訴我，我很多觀念是錯誤的。比如她作為泰國人其實完全聽不懂寮國話，說兩國文化近到可以互相溝通是錯的。

　　當下我感覺超級尷尬，被一個泰國人洗臉，但活動結束後，我仍去跟她請益，請她告訴我泰國更多事情。幾次約吃飯，也成了好朋友了。而那時候她也正在教大學生們泰語。

　　不同於一般的專職語言教師，就讀中國醫藥大學醫學系的梁娜莎，仍是一名學生，在醫學系沉重的課業壓力下，還是會抽出時間，擔任校內外的泰語講師。更特別的是，她不只教泰語，因為曾留學英國，

能說一口漂亮的倫敦腔，她也擔任學校「英語角」的志工，讓臺灣的同學們有個英語流利的對話朋友，能一起練習英文。

除了自己校內的教學，她亦常常獲邀至其他學校與政府單位，分享泰國的文化、談論青年國際參與等議題，是位知名的臺泰民間交流大使跟國際參與講師。2017年，她還被提名爲「亞太青少年人權高峰會」大使，在臺灣國內外積極的推廣與關注各種議題。

╱立志成爲無國界醫師

娜莎家鄉在曼谷，中學時期就遠赴英國，就讀聯合世界書院（United World College of the Atlantic）。英國自由的學術風氣，給了娜莎不同於亞洲傳統教育的思維，啓發了娜莎對教育志工的興趣。她曾在英、泰的偏遠地區擔任過教育志工，進而開始關注社會議題，並進一步投入許多環境、人權、教育相關領域的國際非營利組織，積極參與志工活動。

在這過程中，娜莎認識了許多來自世界各國的朋友，也包括臺灣的青年朋友。這些來自臺灣的年輕人，友善熱情的形象，讓她當時對臺灣留下很好的印象。之後幾次跟著在國際參與中認識的臺灣朋友來臺灣旅遊，途中的所見所聞，更讓她對臺灣產生好感，因而有留學臺灣的念頭。

最後，出身法官家庭的她，因爲認爲醫療比起法律，更容易幫助偏遠地區，而沒有選擇跟父母走一樣的法律道路。她立志成爲「無國界醫師」，申請進入中國醫藥大學的醫學系，準備展開期待已久的臺灣留學生活；然而，這一切的發展卻沒有如預期一般順利。

╱對泰國的誤解拉遠了心的距離

娜莎作為少數臺灣的泰國留學生，自然受到注意，而這些互動，卻顛覆了她過去心中對臺灣的印象。儘管泰國是臺灣人最喜歡前往的觀光勝地之一，臺灣也有許多來自泰國的新住民跟移工朋友，某些公眾場所，甚至有泰語告示，但是臺灣人對泰國乃至於整個東南亞，可以說充滿了誤解與刻板印象。

有一次活動，初次見面的學校老師知道娜莎是來自泰國的醫學系留學生時，十分的驚訝，說了句「看不出來耶」這樣的評論。娜莎好奇的問老師，是看不出自己是泰國人，還是看不出是醫學系學生。老師的回應，卻讓她十足驚訝了許久：

「看不出來是醫學系學生，你知道的，泰國人通常都是工人，不然你可以問其他學長姊。」

老師這番話讓氣氛凝結，娜莎只能尷尬了一下，回道：「老師，其實泰國的大學也有醫學系啊。」

想不到老師繼續說：「真的啊？那你們泰國有醫院嗎？你這樣回泰國能找到工作嗎？」諸如此類的經歷，層出不窮，讓她剛來臺灣時，有非常大的衝擊：原來臺灣人對泰國，有這麼多的不理解。

而在與臺灣朋友互動的過程中，也經常遇到許多看似有趣，實則心酸的問題：

比如：「你們泰國人是不是周末都去騎大象，看人妖秀？每一餐都要酸酸辣辣的才吃得下去？泰國是不是都是鬼？平常大家只看鬼片？」甚至有朋友說：「我爸媽說泰國很多鬼，不能在泰國剪頭髮剪指甲。」「你在哪個工廠工作？還是你會按摩？」這些刻板印象往往讓娜莎哭笑不

得，卻也發現，同樣位於亞洲，地理位置相近的臺泰，原來「心」的距離，隔了這麼遠。

／加入建構臺灣與泰國文化交流行列

在娜莎心中，臺灣跟泰國其實是很相似的國家，曼谷也有著不亞於臺北的高樓大廈、交通捷運建設等等。年輕人閒暇時，也會跟朋友去逛逛書店，或是去百貨公司吃吃義大利麵、日本料理，與臺灣年輕人沒有什麼不同。但是在臺灣人心中，泰國好像是以觀光導覽上的形象存在。

一開始，娜莎十分不適應這樣的情況，也曾經懷疑過自己留學臺灣的決定，是不是正確的。她發現許多臺灣人對外國人的友善，僅限於「歐美日韓」，這種情況讓自己很難過。

但由於她總是關心身邊事物跟公眾議題，反而因為這樣的遭遇，發現了自己可以為社會帶來不同價值的立基點——她決定用自己的努力，建構臺灣與泰國交流認識的橋樑。

「東南亞有許多前往臺灣工作的朋友，他們可能初來乍到，不會中文，也不會英文，帶著希望來到臺灣，卻也可能也一樣遇到挫折。每天只能努力工作，想家也沒辦法回家。像我如果想家，一張機票就回曼谷了，不高興也可以跟家人抱怨哭訴，但這些朋友只能繼續努力工作。所以我覺得我應該可以做什麼。」

因為這樣，娜莎想要把自己的幸運，轉換成對他人的幫助，在臺灣也能持續她一直喜愛的志工活動。娜莎自己開始搜尋臺灣有關移工議題的非營利組織，最後接觸到了同樣位於臺中的「1095，文史工作

室」。在同樣想促進臺灣與東南亞交流的核心價值下，娜莎開始積極的參與這個相關活動。

娜莎和「1095，文史工作室」合作，辦了許多講座與泰語教室，讓更多的臺灣朋友可以認識泰國。漸漸的，越來越多人知道娜莎的故事跟理念，她開始受邀到中興大學、臺中教育大學、外貿協會等機構分享演講。最後也在自己的母校中國醫藥大學開設泰語教室，並擔任臺灣移民工文學獎的泰語評審。

透過這些臺泰交流項目，娜莎也接觸到了許多喜愛泰國文化的臺灣人，交到了許多朋友，更成功讓彼此都能深入了解對方的國家、文化，進而打從心裡誠摯地欣賞彼此。此外，娜莎也因為看到臺灣的更多面向，能夠繼續喜歡臺灣這片土地。除了文化交流外，她也積極擔任醫療、教育相關領域的志工，曾經到臺灣南投等地服務。

娜莎開始體會到：每個人生命中，一定會遇到很多困難，大家都各有難題與故事，每個人都不容易。然而，有時候目光的焦點，不要只放在不理想的現狀與遭遇的困難本身，而要動腦思考改變的方式、換個角度去看事情，想出解決的方案，就能為情況帶來好的改變，扭轉局勢。

／打破隔閡，真正認識當地

她提到臺灣青年很喜歡做志工，有顆能為他人付出奉獻的心，是很棒的一件事情。然而，有時候想要帶來幫助，不一定要花幾萬塊去其他國家的偏遠地區，簡單的從身邊的人做起，就可以達到「國際志工」的效果。比如關心班上的身邊同學、鄰居家人，幫忙路上迷路的外國

朋友指路，這都是很簡單能帶來正面影響的好方法，也能做到國民外交、提升外國人對臺灣好感度。

同時，她也認為，在做海內外志工服務的時候，一定要抱著平等的心，不要用「我高你低」的心態，看待服務的國家或地區；因為在過程中，真正受益的不一定是受助地區，寒暑假那種一兩週的志工團能為當地帶來的效益其實有限，反而是參與者自身能在當中學習成長，增進視野。

因此，請抱著一顆誠摯的心，認識當地，而不是「上對下」的施捨與同情。否則，反而是消費當地的另類旅行團而已。更要注意的是，不要把自己接觸的受助地區，當成該國的全部，以偏概全，反而帶回了錯誤的印象回國。

最後，問到娜莎為什麼這麼熱衷於國際參與跟公益活動，她爽朗的笑著說：「因為我相信，年輕人就可以為世界帶來改變，讓世界更好。」她期待自己未來能幫助那些偏遠地區，為當地社區帶來醫療與教育協助，影響一個區域。「不小看自己的年輕，不害怕遇到困境，只要試著付出，就有機會帶來改變」，是對娜莎的故事，最好的註解。

在位於西非大國奈及利亞的商業大城拉哥斯的一間辦公樓內，一位華人的女孩正在跟當地銀行通話：「上次的信用狀怎麼到現在還沒處理好？時間拖太久了吧！」她用流利的英語向電話那頭的辦事人員催促著，堅定的語氣顯得十分幹練。環視整個辦公室，幾乎都是清一色的黑色皮膚，這個女孩的存在顯得十分突兀，而她，已經在非洲待了兩年，她就是這篇文章的主角，蔡奕品。

很難想像一位臺灣女孩，從大學開始的生涯志向就是「到非洲工作」，畢業以後，奕品在離島當了一陣子國中老師，最後毅然擁抱走向事業的夢想，24歲就隻身前往非洲走跳，走過了數處拉哥斯角落，從事著貿易相關的工作。為什麼不選擇熱門的歐美，或是近年新崛起的東南亞，而前往大多數人不了解，有著「黑色大陸」之稱的非洲呢？故事要從她的童年開始說起。

／獨立自主的成長環境，帶她走向世界

蔡奕品出生高雄大寮的鄉村，小時家境並不富裕的她，國中開始就學會獨立自主的打工，靠自己賺取生活費。求學階段，她就不靠父母

拿學費，這樣堅忍獨立的性格也塑造了她未來人生道路的走向。

　　跟蔡奕品的認識，完全是網路緣分，我沒事都會看看誰分享我的文章，一次發現一位女生的座落地點竟然在非洲，好奇之下點進去，我就看到了奕品。看到她臉書牆上許多在當地的照片，激起我的好奇心，便直接跟她聯繫，交流分享彼此的經驗。

　　就讀雲林科技大學時，她雖然也努力打工，卻也活躍於校內大小社團。曾在系學會跟全校的自治組織擔任過幹部，也在校園內擔任校園記者3年。想要看看厲害的人們，跟他們的故事，是她擔任校園記者的初衷。活躍於課外活動，為她的人生帶來了許多機遇，她在當時參加的「世界公民島──有任務的旅行」中脫穎而出，獲得前往歐洲的免費機票，前往奧地利考察。這段經歷讓她有了走向世界的夢想種子。

　　一直想看看不同的世界，見見世界各地有趣的人們，體驗不同的文化，是她從小的夢想。因此，她很早就鎖定了自己的生涯目標是前往海外工作。然而，喜歡冒險的她，想去沒有人去過的地方，體驗沒有人經歷過的奇遇。因此，她決定要去非洲，去開創屬於自己的故事。

／24歲隻身踏上非洲，第一份工作竟是不法生意

　　一開始，奕品也像一般的臺灣新鮮人一樣，在國內的求職網站尋找職缺。她找到的第一份非洲工作是在中非小國喀麥隆，然而這一段工作經歷卻不是很愉快，因為老闆從事的竟然是不法的生意。這讓她曾經懷疑過自己的海外夢想是不是值得，但性格堅定的她，卻沒有因此被打倒，沉澱一陣子後，又找到了在奈及利亞貿易相關的工作。當時她才24歲。

在奈及利亞她從事的是跟自己科系相關的財務會計工作，雖然不是一個外勤工作，但喜歡跟別人接觸的奕品，還是不顧許多華人前輩的提醒，週末假日總是在市區趴趴走，認識許多當地的好朋友，也更深入體驗、了解當地文化。建立起屬於自己的社交網絡，「孤單寂寞覺得冷」這種常見的海外挫折，不曾出現在她的故事中，而她也因此有了許多精采體驗。

其中，當地的巫師文化讓她印象最深刻。有次一位同事生病，身上長了像「皮蛇」一樣的皮膚病。這種情況常理是到醫院就診，但奕品的同事相信這是惡靈附身，堅持要坐10個小時的車程到老家找巫師，結果在巫師作法下，病真的好了。百思不得其解的奕品，事後聽到當地傳說：許多大型的傳統市場，還會販賣人體的器官，專給巫師作法用。

╱奈及利亞的有趣文化

這些奇妙的文化差異都讓奕品覺得十分有趣，她還提到，當地的傳統婚禮，新人會與賓客一起跳舞，在舞會最高潮時，大家會拿起鈔票往新人身上丟去。或者結婚儀式中，新郎新娘要向對方的家族五體投地的跪拜。飲食上，當地人可以說只要是活著的，都能入菜，不管是猴子、鱷魚、蝙蝠、穿山甲等等。這些不可思議的經歷都讓奕品大開眼界。

雖然奈及利亞相較臺灣，發展仍在初期，交通基礎建設等仍有很大的改善空間，生活條件也不大方便，但是奕品卻看到當地巨大的機會。她說：「其實這裡遍地都是機會，像是喀麥隆、查德這些中非國家，要貿易都需要經過奈及利亞，如果敢闖，奈及利亞這樣的新興市

場可以說充滿機遇。」

另一個奕品觀察到的現象，是當地人非常接受中國傳統的針灸、草藥療法。當地有許多華人開設的中醫診所，深受當地民眾喜歡。中國在非洲當地的經營也相當深入，許多中國小夥子不到20歲就來非洲闖蕩，市場上也能看到許多來自中國的各類商品。這樣的國度，其實也很適合敢闖的臺灣青年到來。

然而，在這充滿機會的新興國度，奕品卻也吃到過大虧。一次她看中當地的外燴市場有潛力，認識了一位當地的廚師，已經談好合作模式，投入金錢準備開始自己的小生意時。那奈及利亞的廚師卻帶著設備器材捲款潛逃，徒留下錯愕的奕品。

當時，她一度感到十分沮喪，失去了對人的信任，因而想要回到臺灣。不過大多數樂天開朗的奈及利亞人民仍給奕品留下很好的印象。「其實，我很喜歡這裡的人的性格。黑人講話非常直接，個性都大喇喇，喜歡就抱住你說我愛你，哪裡覺得不滿就指著你鼻子講。一開始出身東亞儒家文化的我很不能適應，後來卻漸漸喜歡上這種性格。」

「樂觀」是奕品對當地黑人的評價，就她所見，即便當地貧富差距極大，但是社會基層的人民也不會有怨天尤人的埋怨心態，反而總是能即時行樂開心的過每一天，活在當下，珍惜僅有的，也不會汲汲營營去追逐名利，安貧樂道，不像東方社會常常會因為擔憂未來而杞人憂天。這種性個奕品反而覺得值得臺灣人思考跟學習。

對奕品來說，當地人的性格十分開朗，即便吵完架隔天也忘了，又是好朋友。但是有一個文化也讓她一開始難以適應，就是很愛要錢。不管是國門的海關，還是認識的朋友，常常都會向任何白人（當地人認為黑人以外就是「白人」）索取金錢或物品。但她後來才知道，當奈及

利亞人說"Anything for me? Or money for me?" 其實不是想真的要東西，只是跟臺灣的「吃飽沒一樣」，是打招呼用的問候語。

　　「現在很多人都走向海外，試圖找尋更好的機會跟際遇，但說實話，當走出家鄉後，下一步才是挑戰。獨自在異鄉所面臨的困難跟挫折，絕對遠遠比待在臺灣多上數倍，沒有人會因爲走向世界就從此一帆風順。」奕品這樣說：「因此，爲何而戰，怎樣實踐自我，這都是非常關鍵的問題。」

　　奕品給臺灣青年的建議是，不要安於現狀，不論自己想走出臺灣的原因是爲了更好的機遇，還是想體驗不同的人生，都要勇敢地去嘗試，因爲很多選擇，在人生中只會有一次的機會。錯過了，就再也不能重來。

世界末日時，有空喝杯咖啡嗎？

出了南勢角捷運站，往興南路直直走，就會看到華新街，轉了進去，瞬間好像到了另一個國度一樣，跟普通的臺灣街道很不一樣，整齊劃一的招牌有特別規劃過，發現周圍的人說起異國語言，招牌上出現很多像圈圈的可愛文字，這裡是中和有名的緬甸街，九成居民是緬甸華僑。

很多本地或外地來的觀光客會特別來這裡品嘗南洋美食，這裡是臺灣最有特色的新住民聚落，將近三萬名的緬甸華僑在這落地深根，我跟朋友沿路吃了一些料理，我們發現轉角有個攤販賣緬甸的點心，我們就問起什麼好吃。我講了一句：「鳴個喇叭」，是緬甸話的「你好」，開啓了話題。

／緬甸華僑離鄉背井到臺灣

坐在攤販旁的小胖也是緬甸華僑，他在臺灣出生，跟我一樣大。雖然在臺灣出生，但是仍然可以用緬甸話跟當地的叔叔伯伯流利交談。「我有回去過仰光啊，我們那時候坐客運要去曼德勒，有些緬甸人看我們拿臺灣護照就想跟我們索賄。」小胖開始說起一些緬甸的故事。

這家店的老闆吳大哥聽到我們聊起來，也跟我們分享他的故事。緬甸華僑是第一批在臺灣大規模的新移民，最早是在50年前，民國50年代來的。「那個時候我們在緬甸苦啊，軍政府排斥華人，我們拿的身分證都不一樣，根本不把我們當國民。」

緬甸的華僑數量原本非常多，因為中國近代長期戰亂的緣故，許多難民逃到緬甸。最高峰時有將近60萬華僑住在仰光，曾經有一段華僑掌握三分之一緬甸輕工業的鼎盛時期，但只維持十幾年。後來尼溫將軍發動政變，成立軍政府後，華僑的資產通通被沒收，華校被關閉，華人開始受到歧視。

「我小時候還能讀華校，後來軍政府關閉所有華校，我們就都受緬甸教育。」大哥這樣說道。也因為當時軍政府強制的同化政策，讓很多緬甸華僑失去講中文的能力，幾乎所有緬甸僑胞來臺灣前都不會講國語，緬甸語變成他們的母語。1964年，軍政府進一步限制華人行動，立法要求華人遷徙都要有許可證。

當時的中國正在動盪的文化大革命，主張輸出革命，支援各國共產黨，試圖赤化整個東南亞，引起周邊國家的反華情緒，這浪潮也到緬甸，引發了大規模排華。1967年的6月26日，爆發華人遭攻擊，住家跟商店被洗劫的626事件。「那時候蔣中正當總統，就很照顧我們，機票補貼，我們就放棄緬甸國籍，很快就來臺灣，當時華人幾乎全都跑光了。」

「軍政府真的很糟糕，其實緬甸是富裕充滿資源的國度，但是軍政府控制一切，只有他們自己的人能獲利，壓榨整個國家。許多人都找不到工作，又歧視華人。」因為軍政府執政，讓緬甸的國民生產毛額甚至倒退到比二戰前還要低，許多人離開了緬甸。

就在民國56年，政府開始接受東南亞被排華影響的僑胞，大規模協助僑胞來臺。但回到華人爲主的臺灣，反而是緬甸僑胞辛苦的開始。「我們剛來的時候不會講國語，人家就欺負我們，一直說我是緬甸人。我就不是緬甸人，我父母都是從大陸去緬甸的，我是實實在在的華人，但是人家一直講，就會生氣啊。」吳大哥道盡了剛來臺灣受到的不平等待遇。

　　來臺灣已經30年，講話已經完全沒有口音的吳大哥，卻對家鄉念念不忘。「我們來臺灣雖然很久，但始終被當外人，還是有很多文化上的差異。現在也不一樣了，以前臺灣比較好，現在換緬甸發展起來，臺灣反而停滯，等我退休，我也想賣了房子回緬甸去養老了。」我告訴大哥，未來我會去東南亞發展，他語重心長地告訴我：「你一定要注意文化差異，尊重當地人的風俗，不能有高高在上的姿態，很多臺灣人都犯這個毛病，只有這樣到哪裡才都走得通。」

／尊重新移民，包容彼此不同的文化

　　聽完大哥的故事，我們揮手跟他道別，期待下次再來拜訪他。繼續踏上旅程，發現許多人在騎樓下喝茶聊天，講的都是緬甸語。我們跟店裡的大姊詢問賣的是什麼，請他介紹給我們。她很熱情的接待我們說：「你們也是學生來研究緬甸街嗎？每年我們這裡都會接待十幾團學生，臺大、政大、清大都有。」

　　姐姐眞是好眼力，馬上知道我們來幹嘛的，這位周寶珍姐姐是第二代的緬甸華僑，告訴了我們很多這裡的故事。「因爲緬甸的情況，許多人來臺灣，會聚集在這裡是因爲過去許多工廠都在中永和，華新街

因爲靠山所以租金比較便宜。這附近有『德州儀器』，很多人都在那工作。剛來臺灣的緬甸僑胞因爲語言不通，一般從事比較勞務性跟低技術的工作。」

「很多學生會來我們這裡訪問啊，等等政大民族系的就會來。我們這裡是臺灣最早跟規模最大的新住民聚落，到現在大家都還會用緬甸話溝通。」這倒是眞的，華新街眞的很特別，不只街上招牌寫緬甸文，甚至連房仲廣告都是用緬甸文寫的。「比較早來的在這裡形成聚落，後來來的就也住這裡，大家互相照應，我們就像在緬甸一樣，街訪鄰居都互相認識，就像一家人，這裡有九成都是緬甸華僑。」

我們在店裡吃起緬甸蛋糕跟緬甸奶茶，跟寶珍姐姐的女兒聊了起來。後來寶珍姐姐的媽媽也來店裡，我跟她揮手喊道：「鳴個喇叭。」她很開心的笑了出來，問我：「你也會講緬甸話啊？」我告訴她們我之後就會去東協工作，也會去緬甸看看，我說，緬甸現在發展很好呢。婆婆笑了一下：「去緬甸啊，眞的時代不一樣了，以前大家都往臺灣跑，現在換臺灣年輕人往東南亞去。」

聊得差不多的時候，又有一群學生進來了，他們帶著大包小包的攝影器材，也是要來訪問的。「嗨！你們是政大民族系的嗎？」我打招呼問起來。「是啊！」「我是中興大學歷史系畢業的唷！」莫名其妙的自我介紹就結束了。我們就去櫃檯結帳，寶珍姐姐又跟我們講了很多。

我注意到店的櫃臺上有個漂亮的貓頭鷹雕像，就問這是幹嘛的。「貓頭鷹在緬甸代表吉祥，有點像招財貓的概念吧！」講著講著，這次的緬甸街之旅到了尾聲。我用緬甸話的再見「搭搭」跟姐姐道別，姐姐聽完笑了一下說：「搭搭是小朋友講的，現在大人都直接講掰掰了。」我害羞點了點頭，寶珍姊姊又說：「有機會再來坐坐啊！歡迎你們！」

短暫的旅程結束了，看到團結而有活力的緬甸僑胞們在臺灣努力的生活著，也是滿觸動心弦的一件事情。在全球化浪潮下，人流會更加密集，不只有許多的東南亞朋友會來到臺灣；臺灣也會有很多青年前往東南亞築夢。

　　希望未來不管在什麼地方，來自不同文化的大家都能包容彼此，真誠地瞭解對方，**不管我們來自哪裡，去到何方，都只是單純地想追尋夢想，老實打拚的人們，大家最內在純粹的那顆心，其實，都是一樣的，沒有什麼差別。**

世界末日時，有空喝杯咖啡嗎？

2015年的一個週一的午後，我騎著腳踏車從光復路一路到新竹北區的舊社國小附近。我要去拜訪一位伯伯，我一聽到他的故事就深深著迷，我覺得這樣的冒險經歷已經可以拍成電影了，終於要親自拜訪老伯，心裡很興奮。

／大馬華僑老兵曾爺爺

84歲的曾令欽爺爺是退伍老兵，特別的是，他不是外省老兵，而是華僑老兵。曾伯伯是大馬華人，父親來自廣東大埔的客家移民，一家移民到大馬麻坡。「現在的年輕人不知道什麼是辛苦，我12歲父親過世，一家住在租來的房子，那是茅草屋，開雜貨店，我那時候就開始每天幫家裡，照顧生病老母跟三個妹妹。」伯伯說起他的一生。

「其實我在馬來西亞的時候很小，對馬來西亞印象不多了，但是我還會講些馬來話，有時候在門口看到一些印尼看護，會用馬來話跟她們講話。她們也會講馬來話，因為印尼以前跟馬來西亞是一起的。」老伯開始跟我們講許多馬來詞彙，一個一個單詞教我們。我很好奇雖然是客家人，但是老伯的臺語講得非常標準，完全沒有口音，我問他怎麼

學會臺語？

　「我在馬來西亞的時候學的，我會福建話、廣府話、潮州話、馬來話跟客家話。」講到這裡，老伯說起潮州話跟福建話的差異。「馬來西亞住著來自各地的人，我們什麼話都要會講，才能溝通。」老伯告訴我們，當時大馬土地肥沃，水源充足，加上英國人治理得滿不錯，許多沿海華人都移民到大馬。「那時候沒有肥料，中國人都會用糞便施肥，當時候馬來人看到就會說：「踢打薄哩馬幹。」意思是不能吃。

　老伯說：「我記得這馬來人的房子是高腳的，屋頂鋪茅葉、地板以及牆則用壓扁、劈碎的竹子做成，非常涼爽。但不管是華人住的或是馬來人住的，那屋頂都要每年更換，不然會漏水。這屋頂是這樣做的：先把茅葉鋪在一起，再將一根竹放在茅葉中央並將茅葉對折，而中間在交叉纏上穿穩樹藤。這要準備很多組。而那時候也沒有所謂的廁所，有坑就行了，有的時候直接在田裡也可以。」

　上了讀書年紀，華人大多讀華校，生活也跟馬來人分開。「我讀的國小叫做養正，沒有制服，老師就是從中國請來的先生，會教我們數學、次度跟北京話。『次度』就是爸爸的哥哥要叫做伯伯這種東西。那時候能有國小畢業就很厲害了，我沒聽過更高的了。可是我小學三年級的時候，日本人就來了。」

／戰爭結束惡夢才開始

　大約民國37年左右，老伯的父親去世，據說是被日本的毒氣害的，生了一種會忽冷忽熱的病。老伯翻開他的褲子：「我這個腳也是，當時日本鬼子會放一種糜爛氣，碰到你的身體就會爛掉，之後蒼蠅可能還

會下蛋，長蟲。」戰爭結束了，大馬華人的惡夢才正要開始。

「那時馬來西亞鬧共產黨，英國人到處要抓共產黨，結果英軍就一把火把我家那條街都燒掉了。他們說我們這條街都資助共產黨。」在歷史上，馬共曾經跟英國攜手對抗日軍，但終戰後，馬共開始爲大馬獨立起義，英國開始取締共產黨。「我們家就被燒了啊，我們只好搬到橡膠園，我割橡膠賺錢，那時候我三個妹妹還小，母親又生病。很多跟我們一樣家被燒掉的華人一起睡。」

刻苦的日子沒有因爲戰爭結束而終結，英國大肆圍剿共產黨，不分青白地逮捕華人。

「那天我在橡膠場打橡膠，突然英國人來，說我們是共產黨，就把我們抓走了，我被送到一個俘虜營。家裡的人也不知道，找了我好久。後來母親找到了我，我們隔著鐵絲網，都哭了。她說，她已經寫信給汕頭的大哥，會想辦法救我。」

老伯說，那集中營裡是一間長形的茅草屋，一天只吃兩餐，跟豬吃得差不多。老伯受不了，告訴英國人，不如你們把我送回中國吧。就這樣，七天七夜的航程，一艘船把這些被當成共產黨的華人，送回他們第一次踏上的祖國。那年曾伯伯17歲，進了在大陸收留華僑的難民營。

「我在潮州的哥哥來營區找我，我被接去跟他住。」但團聚時光沒有很長，不久，當年17歲的曾伯伯有天在街上閒晃，遇到了國軍。「那時候軍人就跟土匪一樣，沒有人敢違抗，有個軍人就叫我幫忙揹槍械。我累了想休息，他卻說要槍斃我。」半路被抓去搬東西的曾老伯，被軍人帶回軍營頂替其他開小差的逃兵。

莫名其妙變成軍人的曾伯伯跟著當年敗退的國民黨一路轉進。「我

們從朝陽一路到海門，結果來接我們的船也不是軍艦，是個商輪。大家爭先恐後地要上船，就怕共產黨追兵抓到要槍斃人。」當時這艘船要開往金門，而此前有次消息是要撤退海南，老伯心裡仍惦記著馬來西亞，很希望有機會到海南後逃兵，找艘船回大馬跟家人團圓。「當時沒有什麼證件，你去哪就報個名字，人家也不知道你到底是誰。」

來了臺灣，政府不准基層小兵結婚，老伯一直到40歲才結婚。「當時要結婚，上面還不准，我想我都一把歲數了，就告到國防部，部隊長官還想關我禁閉。」好不容易等到一切安定，老伯想起還留在南方的母親跟妹妹。「我這一生，什麼都沒有了，我只剩下我母親，我帶著我所有的退伍金，我要找到我媽媽。」後來終於找到住在新加坡的老母親，「我看到她時，握著她的手哭了，我告訴她我離開馬來西亞以後發生的事情。」

老伯很遺憾離開母親的這些年，看到母親蒼老許多。「我告訴妹妹，這些錢是我這幾年賺到的所有錢，就給你們吧！媽媽需要什麼你就買給她。我的妹妹不願意，拒收。」老伯直接把這筆錢直接交給了老母親。但母親也用不到，她人生只剩下最後一個願望，就是回到家鄉。

知道母親想回廣東大埔的老伯很驚訝，「我告訴我母親，大陸那邊很苦，現在在新加坡生活得很好，沒必要回去。」老母親堅持說：「我已經這麼老了，這把年紀了，我有天終要回去的。」拗不過，老伯只好請妹妹寫信給留在大陸的哥哥，請哥哥帶著母親回去大陸，老母親在世時，老伯都會去大陸探望她。

／雙手就是傳家寶

回到臺灣，老伯的生活依然辛苦。

「那時候我們家窮，我的孩子去鄰居家看電視還會被轟出來。我們租房子，房東一個不高興也是趕我們走。但我也是苦過來的，人家看不起我們，我們就越努力。我不怕苦，有工作我就去做。就這樣，我從50歲做到了60多歲，才賺到這個房子，供我的孩子讀書。我兒子曾經問我，說連續劇上都有祖傳的傳家寶，問我們家有嗎？我說當然有！他就問那在哪裡？我回答他說，就是我們這雙手！」

老伯今年已經84歲了，從大馬的俘虜一路成為大陸的國軍，再輾轉到臺灣。我問老伯：「你會想馬來西亞嗎？」老伯說：「以前會，以前剛來臺灣很想回家，但現在不會了，我在臺灣已經60幾年了，這裡就是我的家了。」

聽完伯伯的故事，我很感慨，他身上看到的，就是個活生生的臺灣夢的寫照。不管是曾受到國民政府迫害的知識分子，還是因為戰亂從此遠離家鄉的少年，不管來自何方，遭遇過什麼，大家都生活在同一片土地，都是時代的悲喜劇，也都是一個希望的發芽茁壯，一步一腳印，也很堅韌的走到今天。

我們都在同一個家園裡生活，我們都是臺灣人。

世界末日時，有空喝杯咖啡嗎

3

/

發覺

用人文的角度看歷史，有不一樣的視野

世界末日時，有空喝杯咖啡嗎？

　　我從小就喜歡問「爲什麼」，什麼事情我都想追根究柢問清楚。爲什麼天空是藍色的？爲什麼草是綠色的？而且不只喜歡問問題，更喜歡「挑戰權威」。

　　我幼稚園的時候，就會跟老師辯論，我記得我們教到顏色，老師拿出一張圖片，上面是紫羅蘭，他說：「這是紫色，紫羅蘭的顏色。」我立刻回他：「你亂講，這才不是ㄗˇ色。」接著我拿一張白紙，說：「『紙』明明是這個顏色的！」老師跟我講半天講不通，就像個小「番顚」一樣。

　　而讓我會有打破砂鍋問到底的思維的，是在我國中的時候。那時國中在上商高定理的時候，老師一開始先教證明，拿個尺規在黑板上畫一堆圖案，講了好幾個證明方式，花了好幾節課。

　　我就舉手問老師：「老師你這不是在浪費時間嗎？這麼短的定理直接背起來不就好了，幹嘛要花好幾堂課講證明。」那時候數學老師說：「ㄟ～你不證明，怎知道他是眞的？他可能騙你啊！」國中的我覺得老師回得太荒謬了，課本幹嘛騙我？

　　所以後來就算遇到很多大家習以爲常的事情，我都會想辦法找出背後的脈絡跟成因。我想這也是爲什麼我會選擇念歷史系的其中一個原因吧！

而我國小也有個興趣，看字典。字典對我來說就像個故事集，每個字都像個人物，有自己的故事，還有長得很像的家族，這或許也要謝謝小學的許慧貞老師，在上國字的時候，總是會寫出它們最原本的樣子，用六書的原則教我們。

後來英文老師也常常用字根拆解的方式，跟我們說要怎樣猜你沒看過的新單詞。這些往事都會讓我想找到每件事情背後真正的原因。

幾年前我去烏石港打工換宿的時候，認識了一位韓國女孩，她的中文很流利，從小因為爸爸派駐所以在中國長大。那時她隨手在沙灘上寫了一些韓文，我看了一下，念了出來。她嚇了一跳：「你會韓文？」

其實我不會，一句韓文都不會，我只會念而已，我對語言文字從小很有興趣。看完字典以後，我跑去圖書館的參考區，找了《中國大百科全書》的語言文字篇來看，那是我當時最喜歡的一本書，我總是坐在參考區的地板翻著這本大塊頭。裡面就有介紹各國的語言，其中韓文的圈圈叉叉讓我覺得很有趣，看著對照表學發音，發現韓文真的是很有邏輯的文字，真的要學，兩小時就學會了。

也因為小時候看很多百科全書，學到很多冷知識，也讓我從小就有冷知識王的美名。而接下來的故事們，就是我在這幾年的工作與生活中，發現的一些有趣事情，像柯南一樣抽絲剝繭找到背後脈絡的探案過程。每篇小故事寫的時候，真的像探案一樣，到處找證據跟發現新可能。希望這些我的小發現，也能讓你會心一笑。

在中國大陸工作的時候，有次我們在處理各部門主管的招募需求時，聽到有位單位的主管直接跟我說：「則文啊！你們招募的時候注意下，〇〇省的人簡歷都可以直接篩掉，我不收那裡的人。」

這讓我好奇了，原來中國大陸也搞省籍情結？我就深入的去問一些同事，才知道「地域黑」在這裡是一件常見的事情。

╱被「黑到不行」的河南人

「十個河南九個騙，總部設在駐馬店」這個老順口溜就是中國地域歧視的表現之一。

河南在許多臺灣人的印象中，大概只剩下歷史、地理課本中的「中原」概念，的確，中國文明起源自自古被稱作中原的河南，然而這個「中國的中國」，卻是今天在各省中「被黑」最慘的。深圳警方甚至在2005年掛出宣傳標語，稱「堅決打擊河南籍敲詐勒索團伙」和「凡舉報河南籍團伙敲詐勒索犯罪、破獲案件的，獎勵500元」。

在北上廣深這些一線城市，許多公司行號貼出招募告示時，也會大喇喇的標出：「不招河南人」，或者委婉一點「我司河南籍已招滿」這些

字眼；就算沒寫的，也可能在面試時看到簡歷中籍貫是河南，直接說：「抱歉，我們公司不招河南人」。甚至有河南籍的大學生到外地讀書時，被同學調侃的問：「你們河南人是不是專偷井蓋？」

隨便問問你身邊的對岸朋友，或許會聽到：「因爲河南人特別難搞，很多騙子都從河南來。」還有些人會說出「人人都該防火防盜防河南」這種讓臺灣人丈二金剛摸不著頭腦的段子。

這樣全國性的奇怪現象，更讓河南人氣到寫出了一本專書《河南人惹誰了？》來跟全中國人民辯駁，河南人沒這麼糟糕；還有河南球迷在球場上掛出「你爹你娘你祖宗全在河南，防火防盜防河南純屬扯淡」的標語來抗議。

／計畫經濟下，被犧牲的農業省

但其實這種大規模的妖魔化河南，是改革開放以後的事情。過去河南被定位爲農業省分，教育資源也不如其他省分多，加上中國過去綁住農民的戶籍制度，使得河南人難以「轉型」。而改革開放後，沿海的省分高速發展，許多來自河南純樸的農民到外地打工時，與各省當地人民起了摩擦，窮困的農民印象也成爲其他省分瞧不起他們的原因。

此外，河南也是第一個被揭露出「農村賣血，共用針頭」而導致愛滋病傳染爆發的省分。卽便日後有其他省分的農村也爆出相關問題，但是「愛滋農村」已經成爲河南的刻板印象，也加重其他省分人民對河南的歧視。

甚至有一說：河南代表的農業性質跟中原印象，在新時代被鄙視是因爲太過「中國」。有學者認爲這樣的歧視現象，代表了中國在前進過

程中，急於擺脫對於「舊中國」落後、貧困的枷鎖，這種討厭「舊中國」的集體情緒移情到了河南人身上，讓「中原人」成為代罪的羔羊。

雖然今天的河南某種程度上已經是一個「科技省」，全世界的iPhone據報導有六成都產自河南，但這個刻板印象還是深植中國人心，而被黑的還不只有河南人而已。

╱「相互歧視」是中華民族「悠久傳統」

如同臺灣早期有「泉漳械鬥」、「閩粵械鬥」等分類對立，在對岸這種九成都是漢人的地方，種族不是把人分門別類的方法，畢竟舉國幾乎都是黃皮膚的漢人，地域才是分類的主要依據，而自古以來對地域的差別待遇其實屢見不鮮。

宋朝時出身北方的名相寇準就說過「南方下國，不宜多冠士」，到王安石時，這種地域差別更形成政治上的集團對立。王安石變法時支持的同僚幾乎都是南方出身，而反對的保守派清一色是北方人。司馬光就曾經用「跟福州人一樣險惡」來罵王安石，可見當時地域差別到了公然歧視某省人的境界，到今天，上海的銀行也傳出過不放款給「福建人」的新聞。

這種開地圖炮亂轟的還不只有臣子，連皇帝本人都會有這種地域歧視，乾隆就曾經說過：「浙江人習俗太浮躁，還和洋人做買賣，絕對會滋事。」他對江南大臣的讚美之詞，竟然是：「我覺得你很值得信任，不像江浙人。」這種不知道是褒是貶的稱讚也是讓人哭笑不得。

除了特定省分的刻板印象外，各省之間的互相歧視也不遑多讓。許多省也會用本省外省來劃分你我，也就是集體歧視外地人；不用說

大家都知道的北京和上海，且說對廣東人而言，非本省籍都是「北方人」，就連海南島都當成北方人。在福建的閩南人也會稱呼不講閩南話的漢人爲「阿北仔」，跟臺灣人說的「阿陸仔」有異曲同工之妙。

而省內互打也是一大特色，比如江蘇省就是代表，被長江切成兩半的江蘇，就有著富有的蘇南人瞧不起蘇北人的情況。提到江蘇，可以說是省內互鬥的第一名。但這也有歷史緣由，蘇南蘇北基本上是不同民系，一直到元代都是不同行政區，到了明初才劃在一起變同省。

／從人文角度看待中國

如果討論起中國，臺灣人大多會從政治角度觀察，把中國包裝成一個整體看待。在臺灣，每一篇探析中國的文章幾乎都是政治經濟層面，這是很可惜的。因爲當代的中國還是有許多文化上趣味的觀點，如果試著用人文社會的角度看待，可能會有不一樣的視野。

下次遇到來自對岸的朋友，可以從對各地印象來聊聊，或許你會得到「東北人都很搞笑」、「南方人特別各嗇摳門」、「冬至我們是吃餃子的」、「哪個省騙子特別多」、「小心新疆人賣切糕」等有趣的答覆，看到全然不同的中國。

在海外工作的我總是會遇到很多不同地方的移民、僑民。許多發展成一個個像中國城的社群，像我們在印度、越南等地時，最期待的就是週末可以去吃吃中國菜的餐廳，緬懷一下家鄉味。也遇到很多深耕當地已久的華裔移民，聽了許多有趣的故事。

然而，「移民海外」並不是一個現代的字眼；事實上，早在明代就有許多中國移民移居海外，當時有的華人遠離家鄉，到了臺灣、呂宋、馬來亞、暹羅等地建立新家園。而移民歐美，大概始於清末。

╱清末赴澳青年，「文化衝擊」更勝今日

首先我們來看看一位在清末前往澳洲旅行的華人青年吳威（Hwuy-Ung）的書信。他的信中具體的體現了百年前的「國際壯遊青年」對異世界的疑惑。雖然有些學者認為這類的華人書信太淺薄，而給予批判；但知名的法國漢學家Andre Chih卻認為，可以看到當時的華人世界觀。吳威給朋友的信裡這樣寫道：

「船上這些人很奇怪。他們很像我在廣東看到的洋人。這些人有蒼白的臉，就像僵屍一樣，整個人像遊魂。他們講話的時候，我一句都聽

不懂，我很後悔到他們的國家，我連怎麼跟他們溝通都不知道。」

　　看起來這位清朝的青年面對西方人的第一個感覺是驚恐的，語言不通從百年前就是華人青年遠渡海外的第一道門檻。而對於白人的長相，吳威也給了很特別的評價，不像今天許多人認為生個歐亞混血寶寶是件好事，吳威對洋人的長相可是很大的批判，他在同一封信裡甚至如此批評：

　　「這些人很高，讓我想到稻田中的水牛，我分不清楚他們到底哪裡不一樣。他們看起來又醜陋，又神經質。這會不會是因為他們粗鄙的穿著呢？他們的眼睛也相當奇特，有藍色、綠色或棕色。雖然他們看起來都昏昏欲睡，我想他們大概滿聰明的。」

　　吳威到了澳洲以後，開始學習英語，語言顯然也是他很大的難關，他在信裡說：

　　「這裡的人講話簡直跟『商朝人』一樣難懂，書寫的方式也很怪異。好像只有二十幾個符號，我們至少有兩千個字。他們講話好像不用打開嘴巴一樣，卻可以發出齒裂音，讓人很難分辨他們的聲音，他們講話好像沒有聲調一樣。」

　　除了語言以外，飲食也是當年華人移民很難接受的事情。比起中國人用筷子的餐桌禮儀，西方人用刀子跟叉子顯得十分的怪異。

　　「這裡的人不吃米，而是吃一種很像大鐘的糕餅。他們也不知道什麼是筷子，拿著刀子跟叉子進食。我一開始很訝異他們用這些利器卻不會傷到嘴巴，剛使用刀叉時，我小心翼翼怕傷了自己，現在也習慣了。他們喝茶喜歡加奶，那是印度的茶，一開始我也不喜歡，後來也習慣了。他們喜歡喝一種啤酒，但是那似乎很有礙健康，就像中國的鴉片一樣。在這裡也可以買到牛肉羊肉。」

如同今天許多到他鄉的臺灣青年需要時間適應異國文化，100年前，華人青年來到文化與人種完全不同的歐美國家，表現得比我們還要更加震驚。

╱百年前的留美生，強力批判異文化

另一方面，不同於今天許多人對西方體制持正面觀感，當年的華人青年，可是對異文化有相當強的批判。在1904年的一本書《用中國人的眼光看我們》（As a Chinaman Saw us, H. P. Gratton）裡，就記載過一位華人留學生在寫給老家的信中，怎樣批評美國人：

「有太多的美國婦女問我為何中國女性要纏足，他們說這種陋習將嚴重影響一個民族發展。但一個用最野蠻方式束綁住其腰的美國婦女，卻喊著中國纏足多可怕，也是滿奇怪的。在美國差不多一兩年時尚就改變，上流階級的婦女只能跟從，盲目的追隨，讓人覺得荒謬。這些時尚從巴黎或其他城市冒出來，在被書報雜誌刊登成為標準，沒有一個婦女敢忽略這些樣式。」

這位華人觀察者眼中，甚至注意到了一個讓今天的我們難以想像的情況，就是美國人吐痰的問題。他在書信裡提到：

「這些美國人的習慣真怪異，特別是愛嚼菸草，尤其是在維吉尼亞州，我曾看到一些男人吐痰竟然可以到5到6公尺，而且他們似乎對吐痰可以吐到痰盂（Cuspidor）感到很驕傲。飯店、辦公室都是痰盂，這是全國的習慣。這些美國人的可笑常常被外國旅客寫下，例如狄更斯就曾寫道，州政府打算嚴屬懲罰亂吐痰的問題，吐痰到地上的人要處以10到100美元罰金。在北方他們還會吃一種樹脂（gum），不論青年還是老

人都咀嚼的很快速，忘我的大力咬著，像極了牛快速的在反芻。」

╱信仰的辯論：孔子是異教徒？

除了這些生活日常外，當時的華人青年也對美國宗教有所反思，在另一封信中，一位華人青年與美國婦女展開了辯論：

「有人告訴我，某位基督教聯盟的女士認為我沒有宗教慰藉是可悲的，好像我是來自未開化世界一樣。也許被當『未開化者』很羞辱人，但是我了解美國人，她其實是真心在關心我。

我告訴她，我們可以從孔子這樣的偉大導師得到慰藉；還有我們的生活宗旨就是『己所不欲，勿施於人』。

『什麼？』那位女士說：『這是基督教教義唷！』

『抱歉』我說：『這是我們孔夫子的核心思想。』

『我想你搞錯了，這是基督教的支柱之一。』

她不相信我，剛好我們旁邊有一位主教，主教同意我說的。

我還引用了尚書的『惟皇上帝，降衷於下民』跟她分享中國的思維。

『那麼，你們也相信有個上帝主宰囉？』女士這樣說。

我回答道：『我很確定。』

這位女士始終把我當異教徒，未被救贖。她是美國教育體系的產物，她從未讀過孔子任何一句話，結果被教導說孔子是沒有信仰的作者。

我希望美國人多一點認識孔子，這樣我們就不會再被視為無信仰的人（Pagan）了。」

╱中西文化差異，無礙彼此包容

現在回頭看看這些100年前的移民血淚，有沒有覺得十分有趣呢？當時的華人青年面對「西力的衝擊」，用那個時空的眼光去理解歐美，得出了跟今天的我們不盡相同的觀點，從中，可以對照今昔的中西文化差異。

其實不論古今，人們都是可透過教育跟知識，打破種族跟文化的藩籬，真心地欣賞每一個異文化，就能看見最美的一面。或許今天我們對外國的心得，在100年後也會被拿出來審視，並逗得未來的青年會心一笑呢！

世界末日時，有空喝杯咖啡嗎？

一年春天，離島的澎湖科技大學邀請我去演講，那是我第一次去澎湖。特別跟學校安排了在週五演講，讓我可以用接下來兩天在澎湖到處逛逛。

澎科大的同學都很熱情，澎湖有一種不同於本島的悠閒感，當地人講的臺語也有一種特殊的澎湖腔。反而跟我老家講的臺北腔有些像。比如我們家長輩講「臺語」，不會念成Tai-gi，而是Tai-gu，這就跟澎湖一樣，聽說這是因爲老臺北腔跟澎湖都是比較偏泉州腔的原因。

在澎湖那兩天，我租了一臺機車，就漫無目標地到處騎著逛逛。突然看到一個告示寫著「蔡廷蘭進士第」，順著指引找到了這座古蹟。近距離看感覺也沒有很特別，比起本島的三合院或者寺廟，這座古厝小很多，看了一下碑文，就發現這位蔡廷蘭還滿有意思的，這樣的臺灣史大人物，以前竟然沒在課本學到，眞的要特別寫個文來介紹一下。

／別哭了，哭也沒啥用

蔡廷蘭這個人呢，可以說是臺灣第一位海外旅遊作家了。1801年出生的他，從小就是個很聰明的孩子，13歲就考到秀才，文章寫得也

好，當時臺灣跟福建的文人都知道澎湖有個蔡廷蘭。

而那個年代，臺灣還沒建省，還是從屬於福建省，所以考試啥的都要到中國大陸的廈門、福州去。蔡廷蘭就這樣爲了考試兩岸奔波，當時他在福建考完鄉試，也就是考上會變成舉人的那個考試以後，準備從金門搭船回臺灣本島的引心書院教書。

結果在號稱臺灣海峽的黑水溝遇到危險，也就是颱風。那颱風颺的船來回震盪，嚇死船上的大家。而他們看到一片恐怖壟罩天空的黑雲，猶如萬馬奔騰般直奔而來，接著風暴跟大雨迎面襲來，搞的船員昏頭轉向的說：「這樣一迷航，幸運的話到暹羅或呂宋，如果被吹到沒有路地的南洋，我們就死定了。」

後來，一個巨浪打來，把整艘船都搞到淹水，船員都在哀號的死期要到了。根據蔡廷蘭自述，他臨危不亂的說：「別哭了，哭沒啥用，把船的大桅給砍了，船就能平靜了。」後來衆人照他說的做，船還眞的平靜了。

就這樣他們在海上漂流了5～6天，竟然看到遠方有許多船桅林立，才知道到了大港。全部人都感天謝地的跪地感恩媽祖保佑。後來一艘當地的漁船經過，發現語言完全不通。比手畫腳後，當地的漁夫用手指在掌心比劃，寫出「安南」兩個漢字，他們才知道，竟然漂流到越南來了。

由於有淸國的船漂流的事情傳開，就來了當地的華僑，知道這群人竟然是被颱風吹來越南，還正好漂流到港口，都嘖嘖稱奇。蔡廷蘭生在澎湖，作爲大海的子民，搭船對他來說已經是日常生活，但遇到船難大難不死還漂流到千里之外的異國，他也自我安慰說能夠來個異文化之旅也不錯。

船在港口停好後，有兩位越南海關官員登船檢查，他們頭纏著黑布，穿著窄袖的衣服，光著腳丫來，也帶了一位通閩南話的翻譯。知道他們情況後，就放他們下船了。

蔡廷蘭一行人就住在當地華僑家中，沿途看到越南當地的人文風景，他看到民家外有竹籬笆，也有很多香蕉跟檳榔樹，留下了「風景絕類台灣」的評價。過幾天，他們到當地官府稟告，結果翻譯這時候有些詞翻不出來，不耐煩的官員就直接手書漢字詢問他們背景，知道是清國士大夫遇到船難以後，生了憐憫之心，給了一些旅費安置他們。

而來自中國的文人漂流到越南，馬上傳遍整座城市，開始有絡繹不絕的人拜訪他們，拜託蔡廷蘭留下一些字詞，讓蔡廷蘭甚至覺得「索句丐書，不堪其擾」。而這也當中也看到，當時仍還沒受到西方影響太多的越南，全國仍通行漢字，才讓蔡廷蘭在語言不通的情況下，可以與當地人交流。也因為是讀書人身分，備受當地禮遇。

／臺灣史上第一位吟遊詩人

這幾天，也有一些當地的華人拜訪，有一位叫做黃文的閩南人見到蔡廷蘭，告訴蔡說，他曾經用走的來回閩南跟越南兩地。知道竟然可以走回去，蔡廷蘭開心的不得了，馬上告訴越南官府希望安排讓他們可以回去。

結果越南人反而很困擾，告訴蔡說，過去的往例是商人可以自己走陸路回去，如果是文人士大夫搭船來到越南，基於禮遇都會派官船護送回去。但其實當時越南人想的是，透過護送回去作為藉口，剛好可以把船塞滿貨物，趁機去跟中國貿易一番。

就這樣來回盧了幾次，都被擱置。蔡廷蘭就只能在當地多住幾天，又跟許多當地的文人墨客交流。他發現當時一樣受到儒家文化影響，有科舉制度的越南，小朋友們看的課本竟然跟中國一模一樣，讓他很驚訝。

不過越南政府還是不想放他走，說要等夏天到，吹西南風再搭船送他回去。這時候蔡廷蘭就不開心了，稱病不起，越南人看他臥病在床，只好准許他自己走陸路回福建。結果一聽到可以回家，蔡廷蘭從床上跳起來，又生龍活虎了。

接著蔡廷蘭開始啟動旅遊模式，一路從越南中部的廣義、古都順化到河內。各地的遊覽讓他大開眼界，歷劫100多天才又回到澎湖，成為臺灣史上第一個「吟遊詩人」。

蔡廷蘭一路的旅遊記錄了越南當地許多人文歷史的故事，比如當時越南的政治制度幾乎全部模仿中國，連法律都與中國雷同。不過不一樣的是，當時越南禁絕鴉片，兩性關係也不同於中國。蔡廷蘭記載「男子游賭安閒，室中坐食，家事聽其妻」，甚至提到「女子均分家產。祀祖先，必兼祀岳父母」，原來女生也能分家產，家中神主牌位也要把老婆的爸媽入祀，感覺女性權益在當時就比華人社會高很多。

他後來把這100多天的歷險寫成了《海南雜著》一書，剛剛的故事也都是出自這本書的記載。後來成為越南文化研究很重要的記載，被翻譯成英文、法文、日文等版本。許多當時記載的民俗風情，至今的越南人仍保留。

比如蔡廷蘭就說到，越南人平常帶著「形如覆釜的箬笠」，也就是我們至今都會看到的越南斗笠，然後遇到人會脫下斗笠，低頭雙手在胸前交叉表示敬意。到今天，越南人仍會雙手抱胸交叉表示尊敬之意。

還有當時的越南人很喜歡吃涼拌的菜餚，有生食的習慣，跟現在許多越南菜會搭配生菜也是一樣。

而蔡廷蘭對於越南那狹長國土千餘里的評價則是：「南北一帶如長繩，五千餘里皆歸統轄，可無爭並之虞，實爲外藩傑國」看起來也是很敬佩越南！

╱一直很國際化的臺灣

看著蔡廷蘭的奇遇，想到當年我在越南一路從胡志明向北到河內，也是這樣的歷險。想不到在澎湖能發現這樣的海外故事，其實本土化跟國際化從來不是天平的兩個極端，在臺灣，現在已經有數十萬來自東南亞與各國的新移民，在這些國家，也有數以萬計的臺灣青年在打拼。當我們回到自己的文化，回到自己的鄉土，就會發現，臺灣本來就很國際化了。

有機會你可以訪問身邊在臺灣的外國朋友，或者旅居國外的臺灣朋友他們的故事，相信你也會看到不一樣的世界。

世界末日時，有空喝杯咖啡嗎？

　　每次我在海外跟新朋友認識時，打開話題最快的方式就是說說文化。聊聊自己國家的文化，聽聽對方跟自己的差異。

　　而每當談到跨國文化差異，飲食總是檯面上不可或缺的題目。其中最常在網路論壇或者海外交換生中談起的，當屬「臺灣人愛喝溫開水」這件事情。

　　每個臺灣人成長歷程中似乎都離不開「保溫杯」的伴隨。卽便是登山健行，爬到山頂滿身大汗淋漓，也能見大叔大媽們掏出保溫杯，倒出熱熱的溫開水，一飲而盡，好不痛快。

　　這樣特殊的習俗，也讓很多臺灣人初到海外，看到餐廳上的竟然是冰水時產生疑惑，像我，第一次到日本餐廳用餐時，面對冰水，腦中升起「喝冰水不是對身體不好嗎？」的疑慮。

　　在我們成長歷程中，或多或少都聽過長輩說：「不要喝冰水，身體會『縮』起來，尤其對女生不好。」在PTT也很多網友詢問：「為什麼外國人喝冰水感覺也沒怎樣啊？」

　　其實這不只是臺灣人的特殊習慣，更是世界各國民眾對華人的疑問，＂Why Do Chinese People Always Drink Hot Water？＂（為什麼華人總是要喝熱水？）這已經是歐美問答知識網站中問到爛的問題。

在臺灣也有許多人討論這個問題，甚至讓媒體引述討論報導。這樣看來，華人可以說是全世界唯一習慣喝熱水的族群了。

／極力避免喝冷水的中醫養生理論

今天來看，提倡喝溫開水的養生法則大多從中醫師來，臺灣的中醫名醫楊賢鴻醫師就在接受《中國時報》、《康健雜誌》等媒體訪問時，多次表示喝冰水對身體有害，即便在夏天也應當要喝溫開水。他也不是唯一持這個建議的中醫師，基本上海內外的中醫師都對冷食有禁忌。

這是因為中醫理論融入中國古代的陰陽哲學思想，認為物有陰陽溫寒之分。冷水自然被歸入為寒性的物質，中醫的古代聖典《黃帝內經》中就明文指出：「形寒飲冷則傷肺」，意思是說如果受到風寒，還喝冷水，那肺就要受損了。總的來說，對中醫來說冰水簡直就像是個駭人的怪物。

中外喝水習慣的差異，在清末的時候，也被首批旅外的清末士大夫發現。清朝知名詩人袁枚的後人袁祖志，在19世紀旅行歐美後撰寫的《中西俗尚相反說》就記載道：「中土戒飲涼水，以防壞腹，泰西務飲冷水，以為除熱；中土酒必溫而飲之，泰西則皆冷以嘗之。」

華人不只習慣喝熱水，在古代，甚至認為喝冷水會「死人」的。根據明代記錄東林黨爭士人受到東廠閹黨迫害慘況的《碧血錄》，其中就有一則故事稱忠臣楊漣因彈劾奸佞魏忠賢而遭到酷刑拷打，楊漣「知璫意不可回，每晨起多飲涼水，以求速死」。

楊漣受奸黨迫害欲從容就義，想喝冷水自殺這種情況在今天看來可以說是讓人啼笑皆非，但是他所代表的深恐冷水損害身體的中醫思維

卻仍深入華人的心中。

╱真正形成全民喝熱水是清末後

所以結論就是華人愛喝熱水是中醫理論造成的，結案……。等等，事情當然沒這麼簡單。從這些證據只能知道，社會上層的士大夫階級的確是從古代就怕喝冷水的，那底層的人也怕喝冷水嗎？

但古代能寫下文字記錄的大多都是上層階級，我們只能從外國人的記錄抽絲剝繭看看底層的人民怎麼喝水。

在乾隆年間，英國來的馬嘎爾尼使節團就注意到，在天津的民眾，並不直接飲用混濁的河水，而是「取出河水後，以明礬放入一竹筒內，後將此竹筒放在水缸中攪動以沉澱雜質」。而在同治年間，日本蘭學家峰源藏造訪上海時，也曾見上海民眾以同樣的辦法飲用江水，他記載「江水濁甚，難以飲之，故以明礬沉澱濁泥，方可吞嚥」。

從這些記錄我們可以看出，底層人民是沒有喝熱開水的習慣，由於當時燃料費用甚高，普通民眾沒辦法餐餐都喝熱水。熱水甚至被底層民眾當成是「藥」一般的存在，只有在生病的時候會飲用。這樣說起來，直至清朝中後期，中國仍未形成全民喝熱水的習慣，那到底是什麼時候「懼飲生冷」才從上層士大夫階級普及到全中國呢？

╱喝熱水的好處竟然是防疫

先插個題外話，說個有關「開水救命」的故事。1993年的時候，美國威州的密爾瓦基(Milwaukee)爆發大規模的公共衛生事件，隱孢子蟲

汙染的水源大量進入水廠，當時的淨水技術無法過濾掉該微生物，最終造成了飲用過後40萬居民嚴重腹瀉。當中卻有一個少數族群完全沒有受到影響，那就是華人，因為他們仍保留飲用煮沸開水的習慣。

華人會開始全面飲用熱水，也是這樣的邏輯關係。1851年，太平天國之亂爆發，到了1862年，因為戰爭上百萬的難民湧入上海租界，人群雜沓下爆發嚴重霍亂。這起霍亂一路北上傳染，驚動北京。當時的輿論就分析認為，南方諸省沒受到霍亂影響的原因，是因為他們相較北方更習慣喝熱水。

民國以後，提倡喝熱水就成為政府在公共衛教上的重要宣導項目，積極的推廣。國民黨在北伐名義上統一中國後，就展開了一系列的政令宣導活動。其中最著名的莫過民國23年開始的「新生活運動」。新生活運動中明確的規範了人民衣著、行為舉止跟飲食的標準。其中就大力提倡要喝熱水，以避免孳生於生水的病菌導致的疾病。

推廣十餘年的新生活運動因為伴隨著戰亂，基本上是失敗的，蔣的國民政府沒有把中國人民改造成守規矩忠黨愛國的人民，新生活運動中「不隨地吐痰、不隨地大小便」的規矩都沒有傳承下來。反而是喝熱水這件事情成功深入人心，這項宣導也被之後的共產黨政府給接收，在中共建政以後成為公衛教育的重要一環。同時，喝熱水的習慣也被國民黨帶來臺灣，最終成為全球華人特殊的一個生活習慣與有趣的文化謎題。

這篇文章如果發表在PTT，想必鄉民們要回個：「好文好文，莫非閣下是開水系出身？」不，小生我是歷史系畢業的帥哥。其實在我們生活周遭，都有許多看似理所當然，但在抽絲剝繭後，背後卻隱藏著許多有趣文化故事和習俗。

比如說，你知道辣椒是明清以後才引進的嗎？甚至連筷子，在最早期都只是拿來分食物的工具，而非個人進食的器具，最早中國人也是用手吃飯的。就連炒菜，這個看似中國料理中最常見的做法，其實也是近代以後才慢慢成為中國菜主流烹飪方式的，要不你看同樣深受漢字文化影響的日韓越等國家，都不怎麼炒菜啊？

只要動腦想想，問問谷哥大神，找找專家學者的書籍論述，你會得到千百種的解釋跟說法，再試著用自己的邏輯判斷，就可推演出真正可信的答案。

世界末日時，有空喝杯咖啡嗎？

　　歷史系出身的我，最喜歡從歷史中找臺灣與國外的連結。在越南派駐的時候，我就常常蒐集文獻，看看這兩個國家有怎樣的關係。結果找到了兩個滿有趣的故事。

　　臺灣作爲東亞地理要衝，自古就是兵家必爭之地，短短三百餘年就有荷蘭、西班牙、鄭氏、淸國、日本等政權流轉。最奇特的共通點是，流亡貴族特愛來臺灣避難，除了鄭成功跟蔣介石外，歷史上也有兩位在國家滅亡後逃到臺灣的故事，很巧的是，這兩位都是越南人。

／逃難來臺的安南李朝皇子

　　南宋時期的越南當年上演著宮廷大劇，原本是姓李得天下的安南，傳國兩百餘年後，被權臣陳守度篡位，陳大殺李氏宗族，當時李英宗的皇子李龍祥只能被迫帶著6千餘族人，搭上三艘大船，帶著皇冠、龍袍、寶劍等國器逃離越南。

　　他們在南海漂泊數月，還遭遇颱風襲擊，最後在臺灣島登陸。當時的臺灣還未有太多開發，李朝皇族一行計畫稍作休息後繼續乘船北上，然而李龍祥兒子李龍憲生染重病，只好留下兩百餘人待在臺灣，

其餘便繼續北上，而當初留在臺灣的越南皇族，或許有可能就這樣深根臺灣。

李龍祥最後抵達高麗，獲得高麗國王的歡迎，更賜與一座莊園。李龍祥日後甚至身騎白馬，協助高麗抵抗蒙古軍隊，而有「白馬將軍」美名。一位越南王子遂成為韓國歷史上的民族英雄，最後被封在花山，其後代成為朝鮮的花山李氏，花山李氏族人在近代還曾組團到李朝皇族的發源地北寧尋根。

╱南越末代總統落腳天母

下一位亡國者逃來臺灣的是南越末代總統之一阮文紹。1975年4月，越共發動最後總攻擊的春祿戰役，南越國軍兵敗如山倒，首都門戶大開，見越共已隨時準備進入西貢，大勢已去的總統阮文紹，就這樣急忙丟下總統大位落跑，在新山一機場搭上飛機，逃到當時為南越好朋友的國民黨根據地臺灣。

曾為南越總統的阮文紹因而在臺北天母一棟別墅住下，但或許是覺得臺灣也許會步上南越後塵，他並無久待，隨即又流亡赴英國，最後輾轉到美國波士頓直到2001年逝世。

阮文紹的故事並沒有李龍祥般傳奇，身為南越政權掌權最久的總統，阮文紹的評價非常負面，除了背負亡國之罪外，阮在政治上也被控貪腐。而在南越滅亡後，也有數以千計的南越難民逃到臺灣並被安置在澎湖，但那又是後話。

臺灣作為一個移民社會，有著四面八方的多元族群足跡，這些都是臺灣最珍貴的資產。這些曾待過臺灣的越南亡國貴族，都只是蜻蜓點

水一般地把臺灣當成旅途中繼站，但如果當年李龍祥選擇跟6千族人帶著傳國國器待在臺灣繼續發展，是否鄭成功或許就不是臺灣第一個本土政權，而臺灣歷史也會往前推進數百年？

而第二個故事則是國軍曾經佔領過越南。

╱國軍在越南軍紀敗壞

1960年，當年已敗退來臺十餘年的國民黨政府，因意識形態關係積極協助南越政府，派遣許多軍方人員赴西貢，協助南越軍隊建立政戰體系。知名導演王小棣的父親王昇將軍便是其中一人，當年在完成任務後隨即返臺，南越方面還舉辦了歡送會。

當時有一名南越將領，曾哪壺不開提哪壺，提到二戰結束後國軍在越南軍紀敗壞的事蹟：

「將軍您來之前，我們就聽說過貴國國軍訓練精實，但也是半信半疑，因為二戰結束後，貴國軍隊前來接收日軍佔領下的越南時，軍紀敗壞、姦淫擄掠，讓我國人民留下了極深刻的印象。直到將軍到來，才知道貴國軍隊仍有將相之材。」

1945年，國軍滇越邊區總司令部第一方面軍8萬大軍，由盧漢將軍率領下駛入了河內市區，負責接收越南北部與寮國的日軍投降事宜，並在原先的法國北圻總督府升上了青天白日旗。

盧漢在宣讀完降書後，交給日軍在印度支那的將領土僑勇逸，頓時歡聲雷動，不少越南群眾對狼狽的日軍怒罵。在那之後，國民革命軍便短暫的控制越南。

當時的國軍進入後，治安反而比日本佔領下還差。隨行的國府財政

代表朱偰就曾在日記中記載：

「自國軍入越，調防頻繁，散兵游勇，紀律欠佳。下午七時，（海防）街市常有搶劫，故商店未晚即先閉門，甚至白晝行人，亦頗冷落。」

朱氏記錄了當時國軍官兵利用戰後混亂的貨幣匯率，把從祖國運來的「紙」強行要求法國銀行兌換成越盾，造成金融秩序混亂，許多越南人民因此破產。國軍這樣的惡行甚至引起了中法兩國外交糾紛，而國軍在越南的軍紀敗壞，竟讓越民黨組織了暗殺隊要偷襲國軍士兵。

／從保衛越南到出賣越南

戰爭期間，美國總統羅斯福曾支持越南自主，蔣介石也多次公開表示願意協助越南獨立，國民政府還曾多次公開表示，支持越南人民追求民族獨立之自由，國民政府跟共產黨也積極培訓，扶植越南本土革命組織對抗法國與日本殖民統治。

但羅斯福逝世後，繼位的杜魯門卻偏袒法國，希望讓法國重回印度支那掌控局勢。中法雙方召開會議，法國代表更提出要在1946年3月6日登入接管越南，但遭到國府拒絕。

3月6日，法國軍艦不理會國府當局的要求，直接駛入海防海港，見到國軍阻止竟直接開砲。當下國軍立刻還擊，發射6枚火箭彈，還擊沉一艘法艦。法軍未料國軍會反擊，準備不及下倉皇離去，當天中午，胡志明便與法國代表談判，簽訂了承認越南獨立的協定。

隨後因東北爆發國共衝突，蔣介石急於調派軍隊返國，與法國達成協議後，國軍就在5月全部撤離越南，而這紙中法協議（中法關於中越關係之協定），就如同給中國人民特權的不平等條約：

第一條：中國人民應繼續享有其歷來在越南享有之各種權利特權及豁免。主要者如關於出入境、納稅制度、取得與置有城鄉不動產、採用商業簿記之文字、設立小學及中學、從事農業漁業、內河與沿海航行，及其他自由職業。

第二條：關於旅行、居住，及經營商工礦企業，及取得與置有不動產的中國人民，在越南應享有不得遜於最惠國人民所享有之待遇。

第二部第一條：法國政府在海防港保留一特定區域，包括必要之倉庫場所，如有可能並包括碼頭以備來自或輸入中國領土貨物之自由通運，此項特定區域內之有關稅關事項，由中國稅關管理，其他事項尤其有關公共安全與衛生，仍歸法國行政管轄。

這條約無異於清末列強在中國的各種特權，而蔣介石已放棄過去支持越南獨立的立場，且對法國重回印度支那試圖再起殖民統治不加干預，並為華人留下特殊利益，讓越南人對中國人的印象，從協助自己抵抗法國日本欺壓的夥伴，轉而成與西方帝國主義共同剝削的同夥，深深反感。而同年12月，法國也發動了對越南發動了全面進攻。

國軍在越南短短的一年，留下的是千古臭名，佔領的這年不只造成越南局勢混亂，蔣介石更從原本高喊要助越南獨立、協助弱小民族的英雄，變成背信忘義出賣越南給法國，又留下越南對華各種優惠不平等條約的罪人。

世界末日時，有空喝杯咖啡嗎？

　　說起臺灣人最愛去的國家日本，大多數人去旅遊時，都以沖繩、東京、京阪神、北海道等熱門景點為首選。但其實跟臺灣人最有淵源的地區，反而是相較上述景點來說，較少臺灣人去、卻跟臺灣面積差不多大的九州地方。

　　說到九州，最有名的莫過於熊本熊這可愛的吉祥物，這個有個性的吉祥物為熊本縣帶來了數百億的觀光效益，連帶讓更多人認識九州。許多人或許不知道的是，九州還以豚骨拉麵出名，臺灣人瘋狂排隊的「一蘭拉麵」，就來自九州。另外，九州地方的腔調，常常被日本人賦予「可愛」的形象，一個小女生講著九州腔，總能讓大家心動不已。

╱日治時代，為何九州人稱霸臺灣？

　　日本密斯滋書房於1971年出版的《臺灣》一書中，就曾提到了第一任臺灣總督樺山資紀，特別喜歡用鹿兒島同鄉擔任總督府官員。樺山時代的總督府人事課長木下新三郎就曾經感歎：日治初期，來臺灣的大多是在日本國內不得志的人，總督府下沒有幾個能幹的。鹿兒島人尤其佔據主要職位，只要是鹿兒島人，樺山都會予以錄用。

在統治臺灣初期就奠定了九州人爲主流的趨勢，但其實這是早在割讓臺灣前，日本國內局勢造就的現象：鹿兒島縣過去是島津家薩摩藩領地，在幕府鎖國時期，因爲近水樓臺先得月，讓九州地區的領主，都比較早接觸到西方的科學技術、走私貿易興盛，薩摩藩逐漸成爲一個強大的藩國。最後，薩摩藩與同樣位處日本邊陲的長州，藩結成薩長同盟，在倒幕戰爭中成爲支持天皇的主要力量。

這樣的歷史背景，讓薩長同盟主宰了日本近代的政治軍事力量。除了明治維新三傑的「西鄉隆盛」、「大久保利通」、「木戶孝允」，以及著名的日本首任首相伊藤博文，都是來自薩摩跟長州這兩大強藩外，前五任臺灣總督也皆是出身自這個集團。直到今天，日本許多政治人物跟內閣總理，仍來自薩長地區。

在日治時代的戶政報告《昭和十年國勢調查》就顯示：1935年的在臺日本人約有27萬人，佔了當時臺灣人口5%，其中有超過一半的在臺日本人本籍是九州地方，這也讓整個日本中，九州跟臺灣的淵源最深。

／臺灣人的九州腔

當時在臺灣佔著主流的九州人們，也把自己的語言文化帶來。今天殘留在臺語中的日語，有許多跟日語標準腔發音迥異的。比如臺灣人常吃的黑輪おでん（oden），在臺語d的音轉化爲l的音，念起來變成像olen。這樣的特殊音轉幾乎出現在大部分だ（da）行的音，在臺語中變成發成ら（ra）行音。

其他例子還有收音機ラジオ（rajio），進入臺語後變成「啦哩喔」。有一派學者認爲，這就是受到九州腔的影響，在博多腔裡面的確常常混

淆だ跟ら，比如博多腔中「うどん屋」念起來會像「うろんや」，也就是把原本在日語念起來像「烏冬」的烏龍麵，念成「烏龍」，但也有人認為是臺語沒有濁齒齦塞音而邊音化導致。

另外，把「甜不辣」用來指魚漿製品，而非一般日本人所指的油炸食品「天ぷら」，也是受到西日本方言影響，至於臺灣人所說的「甜不辣」在關東地區被稱作「薩摩揚げ」，所以別再說是臺灣人搞錯了。

回頭講其他受到九州方言影響的臺灣日語，我們再舉個生動一點的故事。作家楊照曾在《戰爭結束，困惑沒有結束》這篇散文中提及，他在幼年時曾跟受日本教育的爸爸學習日語，大學時選修日籍教師的課，筆試都能拿高分，因此被老師點起來在課堂朗讀課文，結果卻讓老師笑了出來，原來楊照爸爸教他的是純正的九州鄉下腔。日語老師在異國看到一個年輕人講話卻像一個鄉下老頭覺得反差太大不禁啞然失笑。

這不是一個特例，在《亞細亞的孤兒》這部臺灣文學史的重要作品中，也有提過主人翁胡太明到日本留學，在東京寄居在老朋友「藍桑」住處，藍桑「忽然把聲音放低：『你在這裡最好不要說出自己是臺灣人，臺灣人說的日語很像九州口音，你就說自己是福岡或熊本地方的人。』」這些故事都說明了，那個年代的臺灣人，與其說被「皇民化」，不如說被「九州化」了。

／末代武士的臺灣情緣

在九州，最具代表性的人物就是明治維新時代，標榜「敬天愛人」的西鄉隆盛。到訪過上野公園的旅客，都能看到那尊他牽著狗的銅像，

電影《末代武士》就是以他為原型，2018年的NHK大河劇也是以其為主人翁。西鄉隆盛是充滿悲劇性的英雄人物，出身鹿兒島縣的西鄉隆盛，在倒幕戰爭中領導擊敗幕府，讓明治天皇掌控實權，也推動過日本近代化。然而，他最後因為同情失業的舊時代武士，而捲入與新政府對抗的西南戰爭，最後戰敗，切腹自殺。

這樣一位日本家喻戶曉的人物，其實跟臺灣也有相當的糾葛。1851年，西鄉隆盛就曾奉命前往臺灣探勘，在宜蘭一帶登陸，與當地平埔族少女相戀，產下一子。1874年，日本首次的「征臺之役」牡丹社事件，就是由西鄉隆盛的弟弟西鄉從道領軍進攻臺灣。割讓臺灣後，西鄉隆盛的兒子西鄉菊次郎也擔任過臺北縣支廳長、宜蘭廳廳長。

西鄉隆盛的一生可以說為近代日臺關係的縮影。西鄉出身的薩摩藩是明治維新的重要推手，造就了近代日本的局面，也間接觸發了臺灣被日本統治的歷史時代；而這些出身薩摩、博多等九州地方的日本人，又在日據時代中的臺灣扮演了重要的角色，深深影響了那個年代的臺灣人。

下次有機會，也可以拜訪拜訪這個與臺灣淵源極深的地方，說不定你能遇到曾經來過臺灣的日本老人喔！

日本作爲一個列島國家，各地區因爲交通跟地形的原因，發展出不盡相同的文化。其中「縣民性」是日本人最常討論的議題。如同臺灣常常戰南北，日本各地不同的文化差異，也讓每一個縣都有屬於自己的特性。

舉例來說，日本東北的縣民往往被認爲有不苟言笑、很能忍耐的性格。大阪人愛搞笑、京都人有文化不說，像是九州人，大多被當成豪爽卻大男人的九州男兒。沖繩則是具有不同於日本內地的「美國性格」，著名的「沖繩時間」(ウチナータイム，又稱島時間)就是一例。

這之中，也有各地區的恩怨，比較爲臺灣人所知的就是關東、關西的對立，大阪與東京的特殊情節。但談到縣民性，許多日本書籍都會特別提到「福島會津人討厭長州人」這個特殊卻鮮明的印象。

位於東北的福島，就是在東日本大震災中受創嚴重、引發核災而爲臺灣人所知的縣，而長州也跟臺灣有特殊的關係，長州就是山口縣，當年割讓臺灣的馬關條約就是在山口的下關市簽訂。

稍微有點地理概念就會知道，福島跟山口這兩縣，已經是日本本州島最靠東西兩面邊緣的最西跟最東兩縣了。這兩個從地圖上來看，似乎八竿子打不著關係的縣，爲什麼會有這樣的血海仇恨呢？以下我們

就一起挖掘屬於福島跟山口兩縣的恩怨情仇。

　　1986年，位於山口的荻市向福島的會津若松市提出締結姊妹市的邀約，這看似城市間稀鬆平常的邀請，卻引發福島縣民激憤的抗議。而就在縣民抗議下，會津若松市拒絕了荻市的邀約，雙方市長甚至有個不成文的「習俗」，就是互相不握手──怎麼回事？

／從邊緣小縣，一躍成為「政治大縣」

　　故事要先從山口縣說起，山口這個縣，從今天來看似乎只是個鄉下地方，卻產出了最多位的日本首相，日本初代首相伊藤博文跟安倍晉三總理，都是山口縣出身。能成為政治大縣，或許多少也是因為地域間的歷史恩怨。

　　1600年，日本發生關原之戰，這場戰爭奠定了德川家康平定天下的局勢，而西軍大將之一的毛利輝元被褫奪大部分封地，僅留下山口縣這一小塊領地。至此，戰敗的毛利長州藩抱著臥薪嘗膽的心情，無不等待著向德川幕府復仇的機會。

　　在日本有一個軼聞，每年新年時節，長州藩的家臣在賀年時，都會偷偷地詢問藩主：「大人，今年是倒幕的時候嗎？」到幾百年來長州藩主的回應都是：「時候尚早。」

　　終於過了300年，隨著西方列強向日本叩門，被迫開國的幕府也面臨了動盪的局勢。長州藩跟位於今天九州鹿兒島的薩摩藩組成薩長同盟，成為反對幕府的堅強同盟。

╱會津藩，幕府最忠實的支持者

另一方面，會津卻有著跟長州完全相反的故事。會津松平家的第一代當主保科正之，是德川家過繼給保科家的養子。他的長兄就是德川幕府的第三代將軍德川家光。家光十分看重他，將他封在了陸奧國會津藩。

死前家光將正之叫來病榻前，吩咐他一定要好好輔佐自己的兒子德川家綱，於是重情重義的正之，把「支持德川幕府」寫進家規中。他在家訓的第一條寫下：「會津藩是爲了守護將軍家而存在的，若有藩主膽敢背叛將軍，家臣絕不可跟從。」

因此，守護德川幕府成爲了會津藩上下的「信仰」。就這樣，歷史的洪流不斷地推進，讓「世世代代想推翻幕府的長州藩」，跟爲了「一心一意誓死要守護將軍家的會津藩」，在幕末這大時代中碰撞，擦出了難以抹滅的火花。

╱戊辰戰爭爆發，大政奉還

薩摩跟長州兩大雄藩，因爲長期處於日本邊緣，受幕府控制相較其他地區爲輕，對外交流機會較多，因而吸收了許多西方列強的知識。隨著明治天皇的登基，這些倒幕派也找到了機會。1868 年新年前後，倒幕派把持的朝廷逕自宣布「大政奉還」，要求德川幕府交出征夷大將軍的官位跟領地。

這舉動讓德川幕府十分震驚，支持幕府的會津藩、桑名藩以晉見天皇爲名義，進軍京都，然而卻被倒幕的薩長同盟以新式的武器跟軍制

優勢擊敗。這之後被劃歸為「朝敵」反抗天皇、不得民心的幕府軍，兵敗如山倒，同年4月，德川幕府看大勢已去，讓江戶和平開城，大將軍德川慶喜則被軟禁。

而在東北的會津藩仍然謹守著數百年來要為將軍家盡忠的武士道信仰，會津部隊撤離江戶後，退回東北，在會津城死守，期待能武力反擊新政府軍，重振德川家。為了重振頹勢，會津藩將男人依照年齡分為青龍、白虎、朱雀、玄武四大部隊。其中白虎隊是由青少年組成，年紀最小的隊伍。

然而新政府軍不斷的勝利進軍，也代表著會津藩噩夢到來。會津的男兒不斷在戰場上犧牲，政府軍攻入市街後，平民百姓驚慌地逃離下，互相踐踏而死。城池陷落後，駐守在城外郊區的飯盛山，由少年組成的白虎隊，看到主城失守，大勢已去之下，為了盡忠便集體切腹自殺。

隨著會津藩潰敗，在東北地區其他支持幕府的藩主們紛紛投降。但這卻不是事情的結尾。由長州藩組成的政府軍進入會津城後，由於長期的對立以及會津藩在初期對政府軍的反抗，讓政府軍懷恨在心，為了洩憤，即便戰勝，政府軍仍洗劫了會津城。強暴、搶劫與虐殺等報復事件層出不窮。

根據半藤一利的《幕末史》一書，政府軍甚至不准村民收屍，導致了嚴重的傳染疾病，而會津軍也從原本的「官軍」，被貶低為「賊軍」，福島出身的人也因此在新政府難以被重用。

╱那場從未結束的戰爭

這樣的仇恨至今仍深深地烙印在福島人心中，許多福島老人，常常聊天時談起：「那場戰爭，我們打輸了……」不明所以的日本人還會以爲在談第二次世界大戰，殊不知老人掛念的卻是150年前的戊辰戰爭。

2018年是明治維新150周年，日本各地都舉辦了盛大的紀念活動，紀念這個日本近代發展重要的基礎起點。幾乎日本每個縣的博物館，都以明治維新爲主題，籌辦相關的展覽；甚至遠在海外的中國與韓國，都有有關明治維新的相關回顧討論。

然而，在日本，卻有一個地方好像活在平行時空一樣，街道上看不到任何有關「明治維新」的字眼。

那就是福島的會津。對於會津人來說，明治維新不是國家強盛的根基，而是那場戊辰戰爭的敵人勝利後的狂歡，也代表著屬於會津人的歷史傷痛。卽便過了150年，那傷痛仍深深存在於會津人的心中。

以至於卽使到了當代，當荻市代表當時無奈地說出「再怎麼說，那場戰爭已經過去120年（時爲1986年）了」時，會津若松市的代表仍悍然回道：「才120年而已，還有另一個120年沒結束呢！」這場戰爭，甚至讓山口縣出身的安倍晉三，在2007年選舉時向會津鄉親道歉：「我的祖輩在那場戰爭帶給大家的痛苦，我在這裡誠摯的道歉。」

或許有人會覺得會津人未免「太會記仇」，然而，從另一個角度看，日本人對歷史的態度也值得思考——也就是允許看似需要團結的國家中，可以有不同歷史記憶的存在。這樣的歷史不會因爲站在時代浪潮的反面而被抹滅；至今那些以身殉國的白虎隊精神，仍在福島人心中傳承——但這才是眞正的歷史吧！

世界末日時，有空喝杯咖啡嗎？

　　曾經在海峽對岸工作的我，有次用同事的電腦幫他操作個東西。結果同事的電腦沒有注音、嘸蝦米之類的臺灣輸入法，我就直接用拼音打字了。看到我打拼音，同事很驚訝說：「則文你還會拼音啊？」我心裡冒出一堆問號，在這不是都用拼音打字嗎？入境隨俗不是很正常嗎？很多臺灣朋友來上海、北京工作也立刻轉換成拼音打簡體了啊。

　　原來，是因為我們公司是臺商，所有文書、簡報規定要用繁體，反而是當地同事要學著認繁體、打繁體，公司電腦都會裝臺灣輸入法，臺灣員工不論在微信，還是電腦上依舊打繁體，所以大部分臺灣員工都不懂拼音，也不會特別寫簡體字。

／每個字都是故事

　　我很早就學會拼音跟簡體字了，國小我就會寫。因為我從小就有個癖好，就是看字典，我從國中開始就最喜歡三民書局的《學典》，常常當百科全書在看，雖然有過動症的我坐不下來，但是面對字典卻可以看一整天。

　　我覺得字典是很有趣的東西，每個字都有個故事，尤其一些冷門字

跟詞語。其實臺灣很多字典都會標註拼音跟簡體字，就像中國常用的《新華字典》到現在都有標註注音符號，只是像臺灣人沒有學拼音會忽略一樣，這裡的人沒有學過注音也看不懂。

我國小看字典最喜歡看附錄，很多字典會放度量衡、朝代帝系表、注音符號跟漢語拼音對照等等，這種常人會忽略的東西我都看得很起勁。看著字典裡每個字旁邊附的簡體字，我一開始覺得長得很奇怪，但也覺得筆畫真少，很有趣，就自己學了下來。

有時國中的聯絡簿和國文作業，我都寫滿簡體字，但全被老師畫紅圈。我記得老師評語大概是：「不要寫簡體，那是破壞傳統的東西。」

從那時開始，我印象裡，簡體字就是壞東西，破壞傳統文化。不過有趣的是，臺灣人日常中滿常寫簡體。國高中不論是小老師上去寫聯絡簿，還是一些非國文科老師寫黑板，常常都會寫俗體跟簡體，有些簡體甚至比中國的簡體還要「簡化」。比如數學的「數」，很多臺灣人俗體會寫作「丰又」，或者把「餐」簡寫成「夕」。常用字「無」、「與」等等，也有一些有別於中國簡體的簡化俗字。一些常用的簡筆像是「体」、「会」、「号」、「国」等等，連臺灣中學生也常常寫。

我們的教育跟政府提倡，都在說簡體字破壞傳統文化，我也這樣認爲，也常常因爲懂繁體有些文化自豪感。在中國大陸，看到街道上如果有繁體寫的招牌，或者餐廳用繁體菜單，都會覺得特別親切。我認爲臺灣保留繁體字是一件很值得慶幸的事情，讓我們到了博物館還能看懂古代的書法、藝術作品等等。

隨著長大後「歷史魂爆發」，我開始到處查看各種文獻資料，才發現簡化漢字其實不是共產黨的專利。日本也簡化過漢字，形成現在的新字體，連新加坡也自行簡化過漢字，用了10年，直到1976年才採用中

國的簡體字。至於韓國跟越南，則是直接廢除漢字。最驚人的事情是，第一個試圖簡化漢字的政權，竟然是國民黨，而且到了臺灣後，國民黨也嘗試過簡化漢字，至於爲什麼後來放棄，改口說簡化漢字破壞文化，且聽下面故事。

／1920年代首次提出簡化漢字

1920年代，有名的《新青年》雜誌除了開始疾呼要廢除文言文，改用語體文外，其實還有另一個倡議，就是簡化漢字。甚至有些激進的青年，更喊出要廢除漢字，改用拼音文字拼寫中文。當時輿論認爲，漢字筆畫繁瑣，難以學習，不如西方字母拼音學習容易，所以中國教育難以普及，文盲率高，人民素質低下，因此衰弱不振。

1922年，錢玄同跟語言專家黎錦熙等學者一起上書國語統一委員會，呼籲要簡化漢字。蔣中正當時就對此表示關注，國民政府成立後，便請教育部長王世傑研究。當時國民政府要員們也認爲漢字筆畫太多，不利教育推廣，應該要簡化。教育部就請錢玄同、黎錦熙開始研究文字簡化。

1930年代，錢玄同、黎錦熙提交給國民政府2,400多個簡化字的方案，時任國民政府教育部長王世杰認爲太多，刪改到300多個。民國24年，國民政府公布了《第一批簡化字》，一部分的小學跟報章雜誌開始使用這批國民黨頒布的簡體字。但不到半年，國民黨元老戴季陶的極力反抗，甚至揚言退黨抗議，才讓蔣收回這個簡化字的行政命令。這一批簡化字，有八成後來讓共產黨在1950年代時直接拿去用，與今天的簡化字十分雷同，甚至許多字形完全一樣。

國民黨頒布的漢字，也多不是自己發明，而是採用民間慣用俗體，這些字共產黨簡化方案中多半繼承。在當時公布的說明中寫到：「一、本表所列之簡體字，爲便俗易識且適於刊刻計，故多探宋元至今習用之俗體，古字與草書，間亦採集。古字如『气、无、处、广』等，草書如『时、实、为、会』，亦皆通俗習用者。」

　　上面的漢字，常常被一些擁護傳統文化者說是破壞文化，但從宋代開始，這些俗體就在民間流傳，很多通俗小說刻本也會使用這些俗體字。大部分簡化字至少有千年歷史了，在民國時代，這些字體作爲俗體字也廣爲人知，也就是大家其實都認識這些字，並不是特別創造出來的。

／退守臺灣的國民黨仍然試圖推行簡體字

　　國民政府退守臺灣後，也開始思考簡化漢字的事情。1950年代，臺灣民間和政府開始傳出簡化漢字的聲音，甚至想拿當年國民黨收回的「簡化字表」直接使用。

　　根據當時已經升爲中研院院長的王世杰日記紀載：1969年，何應欽將軍在國民黨中央評議委員會突然提案要求實施簡體字。王世杰感慨，他早在1930年代已規劃一系列簡體字要實施，卻被戴季陶杯葛。他在日記中感嘆若當時順利實施，簡化字已經落地應用數十年。日記原文如下：

　　「今何敬之（何應欽）突提一議案，主張實行簡體字……當經全會決議，交由中央執行委員會遵照總裁（蔣中正）指示，研究處理。此次此案或可實現。關於簡體字案……余昨從教育部覓得民廿四年公布之簡

體字表……此一公布表，倘當時未被戴季陶余中央政治會議阻止通過，則施行已廿餘年，思之至為悲憤。」

王世杰是國民黨內知名的學者官員，擔任過教育部長、外交部長、中研院長跟中華文化復興委員會委員，他在1969年仍支持推動簡化字（但當時因為中共實施簡體字，臺灣則禁止書寫簡體字），可以讓我們窺見當時的國民黨內對簡體字的一些態度。

更早之前，另一位國民黨內的教育家羅家倫，曾在1954年出版《簡體字運動》一書，力倡簡化漢字，並且立論說「六書不是限制中國文字發展的鐵律」云云。蔣中正亦在國民黨《反共抗俄總動員運動會報紀錄》中，表態支持簡體字運動。這些不只是官方中菁英分子從上到下的醞釀，連地方議員也提倡要簡化漢字。

／立法機構對簡體字推廣的辯論

1951年臺灣省參議會蘇維良參議員在總質詢時，向臺灣省主席吳國楨提出「關於勵行簡體字以及教育普及問題」要求政府開始限制一些筆畫繁複的異體字使用，在40學年度開始實行簡體字。根據政府記錄當時吳國楨回覆：「關於簡化國字問題：蘇參議員所提意見，本人深表同意，維實施國字簡化，權屬中央，非本省府所能解決。本人將當此項意見轉達中央。」

1954年，國民大會有263位國大代表聯署提案《請政府確定國字改進原則以弘揚民族文化、普及語文教育案》，籲請國民大會通過「執簡馭繁，化難為易，探源求本，由淺入深」的國字改進原則。

這時候，中央、地方都開始有推廣實施簡體字的聲音，甚至連蔣中

正本人也支持。蔣曾在1953年的政府會議中對官員表示：「爲大衆的便利，在國家的立場上簡體字是很有用處的。我是贊成，有提倡的必要。」但蔣當時卻沒有立刻強行推廣，這是因爲國民黨內仍有許多舊知識分子對於簡化漢字有反彈聲浪。

1954年3月，廖維藩在立法院斥責當時民間到政府的簡體字倡議，破壞中華文化，因而與106位立法委員連署推出《文字制定程序法草案》，要求限制行政院簡化漢字的權力，教育部僅有提案權，每個漢字的簡化必須要經過立法院同意。而且簡化必須要嚴守「六書原則」，同時立法規定民間不得私自印刷「非法簡化字」。

╱被共產黨搶先推行，國民黨由支持轉而封殺

這個法案到最後仍不了了之，或許是因爲國民黨高層仍希望推動簡化字。

蔣中正對於《文字制定程序法草案》十分反感，他在1954年4月對此草案有這樣的回應：「簡體字應先從軍隊著手推廣軍體字，如行之有效，社會各界自將採用，不可由立法機構作爲法案辦理。」以臺灣當時國民黨類似軍政府的結構，蔣的這番發言不啻是代表政府的主流態度是要推廣簡體字，更是他本人也接受簡體字方案。

然而，正在國民黨研究簡化字方案時，1956年共產黨將反對漢字改革的聲音打爲右派批鬥，掃平阻礙，已經成功推出《漢字簡化方案》，決定實施簡體字。這讓國民黨對簡體字的態度從一開始的積極推廣，180度轉向成爲全面禁止，並且把簡化漢字當作是「共匪破壞中國文化的陰謀」。教育部更因此訓令各級學校不得書寫任何簡體字，這讓這些

原本通用在民間的俗體字，漸漸開始被忘卻。

／簡繁之爭：很難一刀切

對於簡體漢字，我覺得很難一刀切是好是壞，如果1930年代國民黨成功在中國大陸推廣漢字，那今天就沒有簡繁之爭。許多學者說簡化字破壞中國文化，其實也很難成立，因為這些簡體字大多收集自民間，許多是宋元以來慣用的俗體。但是全面使用簡體字固然有負面缺點，比如造成文化斷層，以及一對多簡繁轉換造成的問題。

今天香港跟臺灣也證明了，簡體繁體並不是掃除文盲的主要問題，教育推廣才是。

我個人仍是希望繁體字在這個不用太多書寫的數位化時代，能在中國大陸重新被認識跟應用。正式文書、招牌仍應該使用繁體中文，手寫體則可以使用簡體，也就是「識繁書簡」，這也不會造成太多學習困擾。馬來西亞的中文報紙標題都是使用繁體，內文使用簡體，而大馬華人也都能同時使用跟認識簡繁兩種系統。

不過，在簡體字的支持與反對背後，現在更多了意識形態摻和其中。如果1950年代國民黨搶先中共，在臺灣推行使用簡體字，最終兩岸可能出現兩套有所差異的簡化字體，讓簡繁之爭變成不同簡化體系的對立。這樣看來，即便國民黨當年沒有敗退，中國共產黨沒有崛起，讓國民黨繼續統治中國，簡化字也可能是歷史發展中的一個必然趨勢。

世界末日時，有空喝杯咖啡嗎？

在大中華地區，語文教育中的文言文篇幅常成爲辯論的焦點。在陳水扁與馬英九總統時代，幾次課綱調整都涉及國語文課程中的文言文比例，「是不是要學習更多或減少教科書中的古典文學」，常常與兩岸的矛盾關係掛勾。

╱學文言文等於振興中華？

2016年的夏天，對岸的教育政策也引起中國民間的廣泛關注。中國教育部將在中小學語文教材上，統一採用國家官方的部編本，這個版本大幅的調高文言文的比例，最高達到80%。這項以找回中國傳統文化爲論述基礎的政策，引發大陸民間熱議，學習文言文是否就能找回失去的中華文化，成爲一大辯論主題。

其實不管是過去臺灣政府欲刪減文言文比例以減少大中華思想的影響，還是現今的中國政府想要透過文言文來找回傳統精神，都陷入了一個盲點。雙方都沒有注意到，古典漢文，從來不是只屬於中國的東西，而是古代東亞的共通語言。透過文言文，不只能認識古代華夏，更能以東亞的脈絡，認識整個世界。

舉個例子，有陣子韓國想用儒家書院申請世界文化遺產，遭到世界華人的反對。但是儒家並不專屬於中國，而早就是東亞共同的思想背景。當華人高喊孔子是我們的、儒家是我們的時候，正陷入民族主義的陷阱。如果今天一個南美的國家申報自己的天主教堂古蹟，巴勒斯坦人民卻出面高喊「基督教起源於巴勒斯坦，其他國家不配申報」，大概會被世界笑話。

／透過全東亞的文言文看見世界

　　文言文承載的不只是「中國」的意象，就如同古典拉丁文不是只有記載羅馬帝國的事情。在古代東亞世界，漢文不僅在中國使用，中韓日越的古典文學都少不了古典漢文這個要素。對今日的使用者來說，漢文反而成為一個工具，可以了解鄰國的歷史。

　　兩岸政府都陷入一個窠臼，誤以為文言文只能有中國的範疇，選文也只會選古代華夏作家的作品，這才是文言文教育的最大盲點。對其他國家的漢文作品視而不見，失去了一個從其他國家角度看世界的機會。日韓越都曾出現過許多以漢文創作的文學家，透過文言文的閱讀能力，可以連結這些歷史記憶，讓彼此有機會交流認識。

　　日韓其實都有漢文教育，在日本古典漢文更是一個重要考科，學習的文本內容除了臺灣人熟知的韓愈等來自中原王朝的作家，也會收錄許多日本當地的漢文作品。在日本的認知裡，漢文不是一個專屬於中國的事物。而韓國雖然已經歷經脫漢化、放棄漢字，但是在高中教育中，仍有古典漢文選修，學生可以透過學習中韓古代文學家創作的近體詩，認識古代世界。

有陣子歷史新課綱的頒布，宣告了要以臺灣爲中心，透過東亞的脈絡來重新認識中國史，被許多傳統分子認爲是去中國化的「文化臺獨」。是不是有這樣的動機我們不評論，但是假設要從東亞整體發展的角度重新看待中國跟周遭國家，那文言文教育也要重新省思，文言文的閱讀能力，對於認識過往的大東亞世界，可能有一定的幫助。

／從兩首漢詩看見你沒想過的東亞

秋風唯苦吟，世路少知音。

窗外三更雨，燈前萬里心。

這首漢詩大概沒有什麼人聽過，單從文本看來，是個讀書人獨自在秋天落寞的感嘆，文學技巧也比不上李、杜這些唐詩大家。但是如果從另一個角度看，這個作品會展現出另外一些內涵。

這是有韓國古代文學之祖崔致遠的近體詩，訴說著他遠離故國新羅，來到當時先進的大唐，寒窗苦讀的心境。他背後體現的是一千多年前的國際化人才流動，崔後來在大唐揚州當了官幾年，最後回到新羅，向新羅眞聖女王進了諫言，不被採用而歸隱以終，但他留下的文字卻讓他成爲影響韓國千年文化的文學之祖。到今天江蘇揚州都有崔致遠的紀念館，是中國首座的外國人紀念館，紀念中韓兩國在古代交流的友好情誼。他留下的這首詩，也讓我們因此看見一千多年以前的國際人才流動，甚至呼應今日留學生的心境。

又如下面這一首：

南國山河南帝居，截然定分在天書。

如何逆虜來侵犯？汝等行看取敗虛。

又是一首華人幾乎沒聽過的漢詩，但在越南，這首詩卻是老少皆知，所有越南人都可以用漢越音把這首絕句朗朗上口。

這是越南古代李朝的將軍李常傑在對抗宋朝入侵者時的宣言，在越南歷史中非常重要，甚至被越南歷史名家陳仲金視為是越南第一則獨立宣言。這首詩沒有太多文學技巧，翻譯成白話就是：「我家有自己的皇帝，這是老天也知道的事情，你想來鬧事？等著被打跑吧！」

這首詩的重點不是文學敘事技巧，而是背後代表的越南民族認同建構。越南從秦朝就被中國直接統治，漢代時曾經由原本秦朝將領趙佗在兩廣跟越南北部建立南越國，後來又被漢朝合併。一直到唐朝瓦解，五代十國時候才自立為交趾國，卻一直被中原王朝當成地方割據政權。

然而從這首詩中，我們卻可以看見當時越南人的國族認同，這難道不也是反思「華夏中心論」的契機嗎？

／文言文教育的辯論不應該只有多與少

回頭看文言文教育，政府的思維不應該只有多少比例那種「量」的意識，而更應該在選文上包含更多的可能，讓多元文化在語言教育中體現。甚至在白話文選文中，都應該嘗試納入馬來西亞、印尼等其他當代華人群體的作品，讓學生有機會看到不一樣的世界。

在我們的國文課本中，可以有美國人寫作，再翻譯成中文的〈麥帥為

子祈禱文〉，卻容不下同樣用中文創作的其他國家古今作品，這不是一件很奇怪的事情嗎？因此，我們應該用新的角度去思考所謂的文言文乃至於語文教育。

　　國際觀，不需要從英語學習開始建構，從我們自己的語言，就有機會看到整個世界。

世界末日時，有空喝杯咖啡嗎？

「看起來疫情可能永遠不會結束呢！」看到新聞說美國確診又暴漲，許多疫苗普及率高的國家再次封城，我這樣跟朋友說。

「那怎麼辦？」他問道「是不是一輩子出不了國了？」

其實，我也不知道，如果世界真的末日了，怎麼辦呢？

好像也不能怎樣。

或許這就是人生吧，有開心，有難過，有悲劇，有喜樂。

或許就是去體驗人生，不要被綁住，生命無常，找到自己真正想要的。思考想要為世界留下什麼。

還是去交交朋友？

最近遠端工作才發現，我們都可以穿越時空的限制！關在家中，反而超越國界的限制，大家都在線上了！

這個夏天，我在家裡面，傳了許多訊息給海外老朋友，收到越南伯伯的問候、川口的訊息、奔騰的來信。他們都努力的活著呢。

而我也在線上認識了許許多多新的朋友，有日本、馬來西亞、韓國等等。

疫情不會框架住我們，反而，我們要在這個疫情下，發現屬於自己

的新世界。

　　國界從來不是距離。與其發慌，不如慢下腳步，體驗身邊的美好。

　　喝杯咖啡吧！因爲你值得。

微文學48／VQ00048

世界末日時，有空喝杯咖啡嗎？

作者	何則文
主編	林潔欣
企畫	王綾翊
封面·內文設計	李佳隆
——	——
第五編輯部總監	梁芳春
董事長	趙政岷
出版者	時報文化出版企業股份有限公司
地址	108019臺北市和平西路3段240號3樓
發行專線	(02)2306-6842
讀者服務專線	0800-231-705 · (02)2304-7103
讀者服務傳真	(02)2304-6858
郵撥	19344724　時報文化出版公司
信箱	10899臺北華江橋郵局第99信箱
——	——
時報悅讀網	http://www.readingtimes.com.tw
法律顧問	理律法律事務所 陳長文律師、李念祖律師
印刷	勁達印刷股份有限公司
一版一刷	2021年9月17日
定價	新臺幣360元

（缺頁或破損的書，請寄回更換）
ISBN 978-957-13-9378-0
Printed in Taiwan

國家圖書館出版品預行編目(CIP)資料
世界末日時,有空喝杯咖啡嗎?／何則文圖.文
－初版.－臺北市：時報文化出版企業股份有限公司
2021.09／224面；14╳21公分；
ISBN 978-957-13-9378-0（平裝）　　863.55　110013994

時報文化出版公司成立於1975年，
並於1999年股票上櫃公開發行，
於2008年脫離中時集團非屬旺中，
以「尊重智慧與創意的文化事業」為信念。